また明日、
君の隣にいたかった
鞠坂小鞠
Komari Marisaka

世の中のあらゆることに興味がなさそうな無表情。
それが私の、君に対する第一印象だった。
踏み込んだら、掻き乱したら、そのいけすかない顔がどう変わるのか興味が湧《わ》いた。
少しずつ、少しずつ、私は君の内側に入り込んでいく。
そうすればするほど、少しずつ、少しずつ、君は私を掴《つか》んで放さなくなっていく。

ああ、これ以上近づいてはいけないと、確かにそう思っていたのに。

私はいつしか、君に、恋をしていた。
君の隣にいたいと、思ってしまってはならなかったのに。

プロローグ

——ピピピピ、ピピピピ。

耳障《みみざわ》りな目覚まし時計の音が部屋に響き渡り、ぱちりと目を開ける。

気を抜くと、すぐにもまた瞼《まぶた》が閉じてしまいそうだ。

ベッドの上でごろごろしながら目元をこすり、止めたばかりの目覚まし時計の短針と長針の位置を確認して、私ははっとした。

午前六時十五分……まずい。十五分も寝坊してしまった。

掛け布団を足ではねのけ、ルームウェア姿のままで階段を駆け下りた。

洗面所で歯を磨いた後、バシャバシャと顔を洗う。フェイスタオルに顔を押しつけると、今度は今来たばかりの階段を駆け上って自室に戻った。

パイプハンガーから、ひったくるようにして夏用のセーラー服を手に取る。急いでそれを身につけ、私はその場でくるりと回転した。アイロンがけをしておいたスカートのひだをチェックするためだ。

良かった。ちゃんと、折り目に沿って綺麗にヒラヒラしている。

「……よし」

思わず声を零《こぼ》した後、髪を巻く準備に入る。

ヘアアイロンの電源を入れ、ローテーブルに置いたスタンド型のコンパクトミラーを凝視《ぎょうし》する。鏡の中には、学校中の誰も知らないだろう、すっぴんの私がぼんやりと映っている。極めて平凡な自分の顔立ちを眺めていたら、うっかりしかめっ面《つら》になりかけた。なんとか堪《こら》え、私は十分に熱が通ったヘアアイロンに髪を巻きつけ始める。

髪のセットには、毎朝たっぷり三十分かける。かかる、のではなくかけているのだ。わざと。

次はメイクだ。ヘアアイロンを片づけ、ローテーブルにメイク道具を広げていく。

メイクには、髪の倍の時間をかける。元の顔が分からなくなるほどに下地を塗り込み、その上にファンデーションを重ねる。そして、マスカラを二度塗りしてからアイシャドウを塗っていく。慎重に。丹念に。

私ではない私を念入りに作り上げていくみたいな、この時間が好きだ。

金色に近い茶髪と濃いめのメイク。左右の耳にひとつずつあけたピアスホールに、今日は手持ちの中でもひときわ派手な、ゴールドカラーのフープピアスをつける。大して髪と変わらない色をしたそれが、カーテンの隙間から差し込む日の光に照らされる。それが鏡越しに目を刺し、私は思わず瞼《まぶた》を閉じた。

身支度《みじたく》が終わる頃には、時刻はすでに七時半を回っていた。慌てて階段を駆け下り、朝食を取るために居間に向かう。

支度《したく》の時間を減らせばゆっくり取れるだろう朝食を、掻き込むようにして平らげていく。

食事はママが用意してくれるが、自分が使った皿は自分で洗う。それは小学生の頃からのママとの約束だ。今日は帰宅してから洗うことにした。このままでは遅刻してしまう。

焦りながらも、玄関の姿見でスカートの裾《すそ》を確認する。ギリギリまで詰めたスカート丈で堂々と登校する私は、生活指導の常連で、先生はいつも頭を抱えているらしい。今日もきっと怒られるのだと思う。

履《は》き慣れたローファーのつま先を、トントンと床に叩きつける。

古びた玄関の、古びたタイルの床。築五十年のオンボロ借家。私とママが、暮らしている家だ。

……こんな家でも、ママと一緒に、ただ普通に暮らしていければいいだけなのに。たまにそう思う。同時に、そんなことを思っても仕方がないじゃないか、とも。

「……あら。行ってらっしゃい、衣梨奈《えりな》」

不意に、背後からママの声がした。つい固まってしまう。もう会社に行ったものとばかり思っていた。

行ってらっしゃい。ただいま。おかえり。いただきます。ごちそうさま。おやすみ。

近頃の私とママのやり取りは、そういうありきたりな言葉を、ママから一方的にかけられるだけになってしまっている。

返事はしなかった。玄関の引き戸を開けて、閉める。それを返事の代わりみたいにして、私は早足で歩き出した。

今日もまた、一日が始まってしまった。でも前よりはマシな気がする。

二学期が始まってから、些細《ささい》とはいえ、新しい楽しみができたからだ。

自宅前の細い道を抜け、緩い坂を下っていくと、交差点に差しかかる。そこを越えて少し歩くと、今度はいくつかの商店が並ぶ通りに出る。

当然ながら、どの店もこんな朝早くから営業してはいない。灰色のシャッターが目立つ、やや寂《さび》れた雰囲気の商店街を、私はひと息に進んでいく。

自転車を使うまでではないものの、学校への道のりは、歩いて行くには微妙に遠い。

少々急ぎ足で錆《さび》まみれの歩道橋を渡り、角を曲がったところで、ようやく大通りの並木道が見えてきた。

まばゆく輝く緑色の葉が、風にそよいで微《かす》かな音を立てる。爽やかな朝。夏から秋に移り変わるこの時季特有の、残暑がじんわりと肌にまとわりつく感覚も心地好《よ》い。

あの葉が黄色に染まり、やがて落ちるのはもう間もなくだ。それを越え、新芽の季節に至るのも、きっとあっという間なのだろう。

……嫌だな、と思う。

重い気分を振り払おうと、わずかに歩幅を広げた。

学校に近づくにつれて、私と同じ制服姿が徐々に増えてくる。その中に見慣れた学ラン姿を見つけた。

私の「新しい楽しみ」というのは、彼のことだ。

決してポジティブな印象は受けないけれど、取り立ててネガティブな感じでもない、地味なクラスメイト。特徴を挙げるとしたら、真面目に授業を受けていることくらいだ。

特定の友達はいないようで、いつもクラスではひとりで行動している。誰かに話しかけられれば受け答えはするみたいだ。けれど、話しかけられることがなければそれきり。それを苦痛だともきっと思っていない。

誰に対しても、おそらく自分自身に対しても、徹底的に無関心を貫《つらぬ》いている。

――ああ、やっぱり、似ている。ママに。

憂鬱《ゆううつ》な朝の記憶を、頭から強引に引き剥《は》がした。

嫌いだ。彼の態度は私をイライラさせる。外見だけは女ウケが良さそうで、無駄に端整な顔立ちをしていることも、癪《しゃく》に障《さわ》る要因にしかならない。同時に、そのいけすかない無表情を思いきり崩してやりたくなる。

意識して口角を上げた後、私は勢いをつけて足を動かした。

大きめのフープピアスが耳元でふるふる揺れる。耳たぶが緩く引っ張られる感覚をごまかすように、私は声を張り上げた。

「……あっ、いた！　おはよー井荻《いおぎ》ー！」

もどかしくて息苦しくて寂しくて、それなのに、何度でも繰り返したくなる。

そんな一日が、また、始まる。

第1章　九月、最後の半年間と憂鬱《ゆううつ》

僕――井荻文成《あやなり》には、ちょっと特殊な能力がある。

自分の死ぬ日がいつなのか、分かる。

……ただ、それだけのことだけれど。


僕が死ぬのは、来年の三月二十五日らしい。

死因は知らないし、具体的な時刻も場所も分からない。分かっているのは、その日限りで僕の人生のレールがぶっつり途切れてしまうということだけだ。

物心がついた頃には知っていた。当時は心細くて何度も母に訴えてみたが、母は最初は笑い飛ばし、やがて「そんな冗談を軽々しく言うものじゃない」と怒り、最終的には僕の精神状態を心配するようになった。

それ以降は、誰かにこの能力について分かってもらうことを諦めている。身内が信じてくれないのに、他の誰かが信じてくれるとはとても思えなかったからだ。

死ぬ日へのカウントダウンは、とうとう半年を切ろうとしている。

死ぬのが怖いだとか嫌だとか、そういう感情はとっくに――いや、そもそも最初からなかった気がする。麻痺《まひ》しているだけだろうか。

……とはいっても、学校には通わなければならない。

僕が来年の三月二十五日にこの世を去るということは、当然ながら、僕以外には誰も知らない。頭のおかしな人間だと思われないためにも、余計なことは一切口にせず、普通を装《よそお》って生活を続けている。結局のところ、そうしていたほうが気楽なのだ。

高校二年生という時期は、なんだか妙に宙ぶらりんだ。学校生活に対する慣れと、徐々に忍び寄ってくる進路に、だいたいの人間が板挟みになっている。

決定するにはまだ早いと考えては、いやそろそろ本腰を入れなければと焦りを覚え、でもまだ先のことだからと思い直しての繰り返し。中途半端な焦りと不安が、教室の空気をじっとりと満たしている。

僕は今日も、その中に身を浸からせなければならない。僕にとっては進路なんて話、完全に他人事《ひとごと》でしかないのに。

学校に近づくにつれ、周囲には学生服姿が増えていく。皆、心なしか気怠《けだる》そうな顔に見える。休み明けだからだろうか。

かく言う僕もかなり怠《だる》い。ただし僕の場合は、休み明けだけがその理由ではなかった。

二学期が始まってから、僕は、少々厄介《やっかい》な事態に巻き込まれてしまっているのだ。

「あっ、いた！　おはよー井荻ー！」

……来た。

この女が面倒ごとの原因だ。

校門に差しかかってすぐ、鼻にかかった高めの声が耳を劈《つんざ》く。無意識のうちに頬《ほお》が引きつった。

「おはよーってば！　ちょっと聞いてんの!?」

駆け寄ってくるなり、女は僕の腕をがっちりと掴《つか》んできた。痛みを感じるくらいのきつい掴《つか》み方だ。頭を抱えてしまいそうになる。

「んもう、返事くらいしなよ！　井荻ー！　井荻文成くーん!?　朝からめっちゃ感じ悪いよー!?」

今日も例に漏れず、本当にキンキンうるさい。頭痛がしてくる。直《ただ》ちに黙ってほしいし掴《つか》んだ腕も放してほしいが、なにか反応したらこの女の思う壺《つぼ》だ。

だから、僕は今日もだんまりを決め込む。そうしていればそのうち勝手に離れていく。とはいっても、数時間後にはまた性懲《しょうこ》りもなく引っついてくるのだが。

この女は、稲川《いなかわ》衣梨奈という。

数十回……いや、優に百回を超えているだろう根気強すぎる自己紹介のせいで、さすがに記憶せざるを得なかった。僕のなにを気に入ったのかは知らないし興味もないが、このクラスメイトは、ことあるごとに僕にちょっかいをかけてくる面倒な人間だ。

完全に校則アウトの金髪寄りの茶髪に、高校生らしからぬ濃厚なメイク。

クラスでまったく目立たない僕とは真逆の世界を生きていそうなこの女につきまとわれるようになってから、かれこれ三週間になる。

なぜかは分からないが、この女、夏休みが終わった頃から唐突に僕に構い始めたのだ。放っておけばそのうち関心を失うに違いないと高を括《くく》っていたが、どうやらそううまくはいかないらしい。

稲川の外見は目立つから、やたらと人目を惹く。その結果、僕まで余計な注目を浴びる羽目になる。うんざりだ。

来年の三月まで、誰とも深く関わり合わずに、ひっそりと学校生活を送りたいのに。

三週間ほど、この女に絡まれ続けて気づいたのだが、僕がまともに返事をしたり、目を合わせたりすると、向こうは余計に構い倒してくるのだ。

含みのある顔でにやりと笑う様子は、思い出すだけでも鬱陶《うっとう》しい。だから僕は、彼女の問いかけには答えないし、顔もできるだけ見ないようにしている。

「ねぇ井荻、今日の放課後ってヒマ？　ヒマならちょっと付き合……」

「予定がある」

「なによ予定って」

「あんたには関係ない」

用件のみを淡々と返し、いまだに放されていなかった腕を振り払った。そのまま、僕は早足で校舎に向かう。「なによぉ」とつまらなそうな声が斜め後ろから聞こえてきたが、それも無視した。

稲川は懲《こ》りずに、小走りで僕の隣へ来る。なぜそこまで頑張るのかと溜息《ためいき》が出そうになった。歩くたびに揺れる、くるくる巻かれた髪が視界の端に入り、思わずそちらに目をやってしまう。わずかに覗《のぞ》いた耳たぶには、大きな輪っか状のピアスがぶら下がっている。こいつは校則というものをなぜ気にしないのだろうか。悩みなんてこれっぽっちも抱えていなそうで、お気楽なことだ。

そんなことを考えていると、ふと目が合った。

しまった、と思う。無意識とはいえ、不躾《ぶしつけ》に視線を向けていたことを本人に気づかれたに違いない。

居心地が悪くなって、僕はつい顔をしかめた。そんな僕をじっと見つめた稲川は、満足そうに口角を上げる。

嬉しそうだ。その反応が、なおさら僕をうんざりさせた。にっこり笑うその顔を「可愛い」と思ってやってもいいのかもしれないが、いかんせん僕にとっては辟易《へきえき》としかさせない類《たぐい》の表情だ。

「ねぇ、今なんでこっち見たの」

「……さぁ」

「話してるときくらい、相手の顔見たほうがいいと思うけど？」

あんたが勝手に話しかけてくるだけだろ、と返しかけ、その言葉を無理やり喉《のど》の奥に呑み込んだ。

「ん？　なに？」

「……いや」

「気になるー！　言いたいことあるならはっきり……あ、ちょっと！」

繰り返しになるが、なにか返したら相手の思う壺《つぼ》だ。つまり無視が一番なのだ。

問題は、二週間前に比べて、彼女との会話時間が徐々に長くなってきていることだ。

わざと歩幅を広げ、一方的に話を打ちきる。

僕より足の短い稲川は、それでも数秒ほど粘る様子を見せたが、さすがに走って追いかけてまでは来なかった。諦めたらしい。ざまあみろ、と僕は内心でほくそ笑む。

……どのみち、クラスメイトだから教室でまた会わざるを得ないのだが。

教室の前に辿《たど》り着くと、すでに中は騒々《そうぞう》しかった。

「おはよ～」

「あっおはよう、ねぇねぇ聞いた？　昨日さぁ……」

教室に入るなり、クラスメイトの笑い声に満ちた騒々《そうぞう》しい空気に全身を包まれる。休日になにをして過ごしたか、誰と遊んだか、どこに出かけたか……ざわめきに含まれる楽しげな笑い声から察する限り、教室内はその手の話題で持ちきりなのだろう。

浮ついた空気の中、僕はまっすぐ自席に向かった。楽しげな雰囲気を率先して壊したいわけではないが、その空気に染まりたいわけでもない。早々に一限の授業の準備に取りかかることにした。

そのとき、「おはよー!」とひときわ高い声が聞こえてきた。稲川衣梨奈だ。

通学鞄《かばん》から取り出したばかりの教科書とノートに視線を落としつつ、僕は稲川の姿をできるだけ視界に入れないよう努める。しかし、不意に朝のことを思い出してしまい、収まりかけていた苛立ちが再燃し始めた。

なんの面白みもない僕に関わる必要が、一体どこにあるんだろう。

無気力な奴。周囲の僕に対する感想は、それ以外にない。

それで良かった。なんの目標も持たず、ただ日々を漫然《まんぜん》と生きる――それが、僕がこの十七年間、貫《つらぬ》いてきたやり方だ。

僕はこういう人間なんだ。だからどうか放っておいてほしい。

自分が死ぬ日が分かるだなんて、そんな突拍子もない話を誰が信じるっていうんだ。親だって信じてくれなかったのに。そう思うと、わざわざ自分から他人に理解を求めようという気には到底なれなかった。

どうせ、僕は誰にも理解されない。

それならいっそ、誰も関心を持たないでほしい。もっと言えば、友達になろうなどとは思わないでほしい。

それが、僕の希望のすべてだ。

近頃では、もし十七歳で死ぬ運命になかったとしても、僕は似たような生き方を選んだのかもしれないと思うこともある。

元々こういう性格なのだ、多分。

だって気楽だ。友人関係や部活の上下関係、あるいは教師への尊敬であったり、逆に嫌悪であったり……とめどなく悩みを抱えては愚痴《ぐち》を零《こぼ》す、そんな周囲の連中よりも遥《はる》かに器用に生きられているのではという気までしてくる。

あと半年、静かに切り抜けられればそれでいい。余計なことを考えず、誰とも関わらず。

井荻文成という無気力を絵に描いたような高校生は、無気力なまま、誰にも期待されずこの世から消え、あっさりと忘れられて、それで終わりなのだ。

幼い頃から死ぬ日を知っているせいで、未来への希望も死への恐怖も、なにも感じない。

仮に、将来に夢を見たところでどうなる。期待をしたところでなんになる。どうせやってこない未来を信じながら恨みがましく死んでいくくらいなら、最初ならなにも持たず、持とうと思わず、ほしがることすらせずに死ぬほうが遥《はる》かに気楽だ。

稲川衣梨奈は、僕が貫《つらぬ》いてきたそのスタンスを脅《おびや》かす、言うなれば「天敵」だ。

しばらく放置しておけば勝手に離れていくだろうと推測していた。話しかけても反応が薄く、聞いているのかどうかも分からないような対応をすれば、大抵の奴は僕から離れていく。過去の経験を踏まえるなら、この女も同様の対処でなんとかなるはずだった……だが。

想定外だった。稲川は、過去に僕が出会ってきた面倒な人間たちの、誰よりもしぶとい。もはや異常に思えてくるほど。

彼女が僕と重ねたがる無意味な会話は、そのすべてが稲川衣梨奈の気まぐれなのだと思う。そうでなければ、同じクラスであるにもかかわらず、半年弱ほとんど関わってこなかった僕に突然構い始めたことの説明がつかない。

この女が僕を標的にする理由は分からない。だが、それを本人に尋ねる気は僕にはさらさらないし、もっと言えば、こいつの目的がなんであろうと僕にはまったく関係ない。

僕の人生のタイムリミットは残り半年。

稲川衣梨奈のわけの分からない気まぐれに振り回されるのはごめんだ。誰かのことを考えたりイライラしたりすることは、僕には不要なのだ。なにに対しても無関心でいたい。無関心でいなければいけない。

どうせ死ぬんだ。せっかくここまでうまくやってきたのに、いまさらなにかに興味を持ったところでどうなる。

……そこまで考えたところで、始業のチャイムが鳴った。

クラスメイトたちがバタバタと慌てた素振《そぶ》りで着席する様子を眺めながら、僕は頭を満たしていた苛立ちを、思考ごと無理やり振り払った。


放課後、午後三時四十分。

帰りのホームルームを終えた教室では、部活組が、グラウンドや体育館などそれぞれの活動場所に向かおうと、ざわざわと支度《したく》を進めている。

僕はといえば、普段なら忙《せわ》しなく準備する彼らを横目に早々に教室から出ていくのだが、今日は日直だった。

この学年全体の決まりごとで、休暇中になにをして過ごしたか、どんな勉強をしてきたかなどを規定のノートにまとめ、休みが明けた日の放課後に提出しなければならないというものがある。休み明けの日直は、クラス全員分のノートを集めて、担任に持っていかなければならないのだ。

正直、これを書いている時間を勉強に充《あ》てたほうがよほど有意義なのではと首を傾《かし》げたくなる。面倒だから、わざわざそれを教師側に意見しようとは思わないが。

僕のように予定があまりない人間でさえ煩《わずら》わしく感じられるこの作業に、他の同学年の連中はよく付き合ってやっているものだと、感心してしまう。

……そんなことを考えていると、背後から唐突に声がかかった。

「あっ、井荻ー、待って待って。はい、これ私の」

今や聞き慣れてしまった高めの声に、うんざりした。

回収を終え、今まさに職員室へ持っていこうとしている頃にノートを持ってきたのは、きっとわざとだろう。このままついてきて、あわよくば帰りまでつきまとおうなどと画策《かくさく》しているに違いない。

教卓に置いていたノートの束のてっぺんに、ぽん、と稲川はノートを載せた。

目を合わせてしまわないよう顔を背《そむ》けてやり過ごそうとしたが、無駄だった。僕のパーソナルスペースを完全に無視して強引に目を合わせてきた稲川は、なぜか得意げにふふん、と鼻を鳴らした。

「ねぇねぇ、半分持ってあげよっか」

断るのも心底億劫《おっくう》で、僕は彼女の提案を無言でスルーした。

稲川は稲川で、僕の対応がそういうものだと、はなから分かってやっているのだろう、特に気分を害した様子もない。溜息《ためいき》を零《こぼ》した後、僕は重たいノートの束をぐっと持ち上げた。

クラス全員分のノートは、一冊一冊は大したことがないのに、まとめて運ぶとなると無駄に重い。稲川は、教室の扉に駆け寄ると、さも恩着せがましくそれを開いて僕を見た。

礼でも言ってほしいのか。いや、単に僕の関心を惹《ひ》きたいだけだ。この女の言動は、結局、すべてがその一点に集約されている。

稲川をスルーし、僕は教室を出た。

案の定、彼女は懲《こ》りずに後をついてきて、いかにも言いたいことがあるような顔をしてにやにやと笑う。

「あ、そうだ。井荻、明日の数学の宿題って終わってる?」

……終わっているが、あんたには関係ない。喉《のど》まで出かかった言葉をぐっと呑み込み、またも無視を貫《つらぬ》いた。

なにか返せば絶対に図に乗る。向こうのペースに巻き込まれることは避けたかった。だから無視する。なにか返したら負けだ。

いや、そもそも勝ちも負けもありはしないのだ。稲川が勝手にやっているだけのことであり、僕には毛ほども関係ない。

「数学ー。井荻ー、ねぇってば。数学の宿題ー」

……今にも腕にひっついてきそうな声だなと思う。さらに辟易《へきえき》した僕は、あからさまに歩調を速めて無言で牽制《けんせい》する。

なんなんだ。くそ、職員室はまだか。

廊下がいつもより長いような錯覚までしてくる。ノートの回収を僕に頼んだ担任に恨みの矛先《ほこさき》が向かいそうになり、違う、諸悪の根源はこの女だ、と頭を抱えたくなった。ノートの束に両手を取られているせいで叶わなかったが。

もはや意地を貫《つらぬ》く形で稲川をスルーし続け、ようやく職員室の前に辿《たど》り着く。

ノートの束を膝を上げて支えつつ、引き戸に手をかける。

教室のときとは異なり、稲川は戸を引いてはくれなかった。別に頼む気もないし、引いてくれないからと言って困ることなどひとつもないが。

この二週間で気づいたことだが、稲川はどうやら職員室が苦手らしい。おそらく、生活指導の教師に目をつけられているからだ。

こういうときには大概《たいがい》、少し離れた場所で僕の戻りを待っている。苦手なら、行き先が職員室だと分かっていてなぜついてきたのか、理解に苦しむ。最初から来なければいいのに。

担任と、当たり障《さわ》りのないやり取りを交わす。

二年に上がってからの担任は、一年の頃の担任に比べて、無気力な僕との距離の取り方がうまい。一年の頃の担任はなんでもかんでもやる気で片づけたがるタイプだったから、正直苦手だった。

クラスの担任は、どうしても関わらなければならない相手だ。上位の成績さえ取っておけばあれこれ口を挟んでこない今の担任のほうが、なるべく他人と距離を置きたい僕としてはやりやすい。

職員室を出て、僕は小さく息をついた。そのままふと周囲を見渡す。

稲川の姿はどこにも見当たらない。……え、いない？

そんなわけがない、と思わずきょろきょろと視線を動かしてしまった、そのときだった。

「わっ‼」

「……っ」

職員室脇にある掃除ロッカーの陰から突然飛び出してきた稲川と、バッチリ目が合った。

……不覚にもビクッとしてしまった自分が呪わしかった。周囲を見渡して姿を捜《さが》したというだけでも失態に等しいのに、こんなにも安っぽい方法に、こんなにも分かりやすい反応を示してしまった。

最悪だ。

本当に、なんなんだ、この女。

「あっはは｜。もしかして捜《さが》した？」

口を開いたら負け。口を開いたら、負けだ。

苛立ちに必死に蓋《ふた》をしながら、僕は無言で教室に戻った。

帰ろう。つきまとってくるこの女を振りきって、一刻も早く、走ってでも家に帰らなければ。

イライラする。なんでこうもイライラするんだろう。この女を相手にイライラしてしまっている自分にまたイライラする。悪循環《あくじゅんかん》はいつになっても終わらない。

余計な感情は要らない。あと半年でこの世のどこにもいなくなる僕は、最後まで、なにも要らないと思い続けていなければならないのに。

職員室に向かったときよりも、苛立ちは明らかに強まっていた。

教室の扉を引く勢いに不快感が滲《にじ》み出ないよう、僕は神経を尖《とが》らせた。この苛立ちを、感情の蠢《うごめ》きを、稲川に悟られてはならない。

そんなことを強く意識していなければならない時点で、僕は、すでに相当この女に振り回されているのだろう。そのことにはもう気づいていて、だが、まだ明確に自覚したくはなかった。

自席に戻り、通学鞄《かばん》を手に取る。努めて冷静に机の中身を鞄《かばん》にしまいつつ、茶髪女が自席の真ん前に立った気配を感じ取った。その眼前に、一冊のノートを突きつけてやる。

きょとんとノートを見つめる稲川がなにか言い出すよりも先に、口を開く。

そして、初めて自分からこの女と話をするために、僕は深く息を吸い込んだ。

「数学の宿題だ。明日の」

「え?」

「貸してやるから、もうついてくるな」

大きく目を見開いた茶髪女の手元に、強引にノートを押しつける。勢いで端が折れてしまったが、気にしている余裕はなかった。

目を合わせず、会話を切るようにして鞄《かばん》を掴《つか》み、教室を出た。

後には、呆然とその場に立ち尽くした稲川が残った……のだと思う。早々に教室から立ち去った僕には、その詳細を知る由《よし》もなかった。

足早に階段を駆け下りる。稲川が追いかけてくる様子はなかった。

よし。これであの女は満足して、もう僕につきまとってこなくなるだろう。そんな安堵に包まれていたのだが、昇降口で下駄箱から靴を取り出したときにふと気づいた。

……ノートを返してもらうときに、また絡まれる流れじゃないか、これ？

盛大な溜息《ためいき》が零《こぼ》れそうな気がしたから、意識的に口を開かないよう努めた。

眼前の不快感から逃れるために、問題を先延ばしにしただけ。僕は基本的に人付き合いに慣れていないままこの齢《とし》まで生きてきてしまったから、どうしたって詰めが甘くなる。

こういう目に遭《あ》わざるを、得なくなる。

なんとなく鬱々《うつうつ》とした気分のまま、校門を出た。

稲川のことを頭から振り払おうと、僕は早足で道を進んでいく。学校の前を通っている大きな道を越え、閑静《かんせい》な住宅街に差しかかったところで、ふと思い出した。

寄り道することを、朝の時点で決めていたのだ。

学校から歩いて五分程度の、住宅街のど真ん中に佇《たたず》む神社。そこの鳥居を僕はそっとくぐった。古い賽銭箱《さいせんばこ》の裏から、一匹の三毛猫が顔を出す。僕はその野良猫を前に、通学鞄《かばん》の中身をゴソゴソと漁《あさ》った。

人気《ひとけ》のないこの小さな神社の境内《けいだい》で、ガリガリに痩《や》せ細ったこの野良猫を見つけたのは、今年の七月下旬、夏休み中の雨の日のことだった。バターだったかマーガリンだったかを買ってきてくれと母親に使いを頼まれた帰り道に、ずぶ濡れになっていたこの猫と偶然出会ったのだ。真正面からバッチリ目が合ったせいで、見なかったことにするのは気が引けてしまった。どうにも放っておけず、近くのコンビニで一番安いキャットフードを買って与えたのが始まりだ。

最初こそコンビニで買ったものを与えたが、それ以降は、スーパーやホームセンターで特売になっている安価なキャットフードに切り替えた。コンビニの猫缶は持ち運びには便利だが、値が張るから購入をためらってしまう。バイトをしていない僕の収入源は、ひと月五千円の小遣いだけだ。出費は極力抑えたい。いくら来年には死ぬのだといっても、そこは譲れなかった。

家から持ってきたキャットフードを鞄《かばん》からそっと取り出す。すると、野良猫は「早く寄越せ」と言いたげに僕の靴をカリカリ引っ掻き出した。

鬱陶《うっとう》しい。爪先でそっと押し返しつつ、ビニール袋の口を簡単に折って、なんとなく皿っぽい形にしてから差し出してやる。

……猫はいい。余計なことを喋《しゃべ》らない。

勢い良く中身を食《は》み始めた野良猫を眺めつつ、飼うのは無理かな、とぼんやり思う。

多分、親は反対しない。家は戸建てだし、昔、母親が猫を飼っていたという話を聞いたこともある。それに、父親も僕も動物のアレルギーはない。「自分で面倒を見るならいい」くらいのことは言われるだろうが、頭ごなしに反対されはしないだろうと踏んでいる。だが。

結局、これは僕自身の問題なのだ。

僕は猫を飼ったことがないから、この猫の齢《とし》がいくつくらいなのかなんて分からない。でも、僕よりは長生きするだろう。となれば、僕にこの猫の面倒を最後まで見ることはできない。

そうと分かっていて安易に飼い始めるだなんて、そんな無責任な話もないよなと思ってしまう。

そもそも、飼えない癖にこうやって安易に餌《えさ》を与えたり構ったりすることが、本来禁じられるべきことだとも分かっている。気まぐれでやっていいことではないということも。

僕は、なにに対しても責任を負えない。

この猫だけに限らず、なんでもだ。自分自身の人生にさえ。

「……仕方ないよな……」

ぽつりと声が零《こぼ》れた。ビニール袋の中身はすでにからっぽで、野良猫が訝《いぶか》しそうな顔をして僕を見ている。

猫特有の縦長の瞳孔が、まっすぐに僕を向く。目が合った。

この猫をどうしてやることもできないのだと分かっているのに、どうして僕はあの日以降、こうやって餌《えさ》をやり続けているんだろう。

関心があるということとは違う気がする。その癖、違わない気もしてしまう。

もしかして僕は、なににも関心がないのではなく、なにかに関心を持つことを避けているだけなのではという気がして、それ以上は考えることをやめにした。

今日はもう帰ろう。

学校を出たときよりも遥《はる》かに強くなった西日に目を細め、僕は立ち上がる。

出会って以来、猫には一度も触れていない。撫でてしまったら最後、もう後に引けなくなる気がしてならなかった。

僕は今日もまた、猫から引っ掻かれたり目を向けられたりと一方的に絡まれることを鬱陶《うっとう》しく思いながら、この場を去るだけだ。

噛まれたせいで穴があいてボロボロになったビニール袋を拾い上げ、軽く縛ってから鞄《かばん》に突っ込む。にゃ、と短く鳴いた猫には視線を向けず、僕は神社を後にした。

帰りの道すがら、あの猫、なにかに似てるなと不意に思った。

……ああ、もしかしてそれ、稲川衣梨奈じゃないか。

一方的に僕に絡んできてはひとりで笑っている、相手の迷惑をまるで考えない気まぐれ女——

そう気づいたのは、自宅に到着した後だった。

*

翌日。

「井荻ー、ノートありがとねー」

登校して自席に着くと、予想通り、稲川は宿題のノートを返しにやってきた。

机の前に立ちはだかった茶髪女から、奪い取るようにしてノートを回収する。向こうはなにか話し続けていたけれど、早々に一時限目の準備を始めて徹底的に無反応を貫《つらぬ》いた。

しばらくすると、稲川は飽きたのか、唐突に口を閉じて友人のもとへ駆けていく。楽しそうに談笑する彼女を見て安堵した。僕のことは放っておいて、ずっとそうしていてくれ。

この二週間、登下校時や放課後のみならず、授業と授業の間にまで絡まれている。憂鬱《ゆううつ》でならない。始業のチャイムを聞きながら、僕は小さく溜息《ためいき》をついた。

しかしそれ以降、茶髪女はなぜか僕に絡んではこなかった。

不審に思ったものの、逆にそういう思考こそが危ないと昨日職員室前で思い知ったばかりじゃないか、とすぐに考えを改める。

もしかしたら、昨日から強まっている苛立ちと不機嫌が、顔や行動に出ていたのかもしれない。それであの稲川衣梨奈が遠慮するとは到底思えないのも、また事実ではあったが。

結局、放課後にはさも当然のごとく話しかけられた。

帰宅の準備を進めていたところ、唐突に机に影がさしたのだ。誰なのかは見なくても分かる。

最悪だ。

今日、日中にあまり絡んでこなかったのは、単に向こうの気まぐれなのかもしれない。今までもそうだったじゃないかと、僕は心の中で舌打ちをした。

この茶髪女は、いつもこうやって僕の調子を掻き乱しては狂わせる。

「ねえ、井荻って今日ヒマ？　私さ、こないだから行きたいって思ってたお店があってねー」

僕は暇だとはひと言も言っていない。今日はこの女と喋《しゃべ》ってすらいない。

この一方通行感にもそろそろ慣れてきた。無論、これっぽっちも慣れたくなどないが。

まともに話を聞いてやる気はなかったけれど、駅前だかどこだかに新しくオープンしたカフェだか雑貨屋だかへ一緒に行こう、という誘いらしかった。

「行かない」

稲川は店の説明を続けていたが、途中で話を遮《さえぎ》る形で断った。

えー、と大袈裟《おおげさ》なほどがっかりした声をあげる稲川は、まるでドタキャンでもされたみたいに不満げな顔をしている。

ふざけた反応だ。またイライラしてきた。

「……予定があるんだ。悪いけど」

思った以上に平坦な声が零《こぼ》れた。

稲川が驚いたように目を瞠《みは》る。僕はなんとなく気まずくなって、元々直視はしていなかった彼女の顔から目を逸《そ》らしながら席を立った。そして、なにか言いたげな茶髪女の返事を待たずに教室を出た。

いつもなら、断った直後に教室から出ていく。だが、今日は思わず言い訳じみたことを口走ってしまった。

そのことに、僕は多分、茶髪女以上に困惑していた。

なんでわざわざあんなことをしたんだ。なにか返せば相手の思う壺《つぼ》だと分かっていながら、馬鹿みたいだ。

昨日も、必要もないのに宿題のノートを貸してまで干渉を振りきろうとして、結果的に稲川が僕に絡むチャンスを与えてしまった。あの女を面白がらせるだけなのに、近頃の僕は、うっかりやり取りを成立させてしまう。

稲川衣梨奈は僕の天敵だ。あの女に関わると碌《ろく》なことがないと、この二週間で身をもって学んだはずだ。

だというのに、一体なにをやっているんだろう、僕は。

イライラする。自分の部屋に閉じこもってからも苛立ちは収まらなくて、そんな自分にまたむしゃくしゃして……悪循環《あくじゅんかん》にもほどがある。苛立ちであれ不快感であれ、僕は自分の中に潜《ひそ》んでいる感情の蠢《うごめ》きなんか、知らないままでいたいのだ。

そんなものは、あと半年で死ぬ僕には不要だ。

そもそも、この世から消える日までのカウントダウンを指折り数えていること自体が、どう考えても僕らしくない。あと半年でその日が訪れるということなんて、もうずっと、大して気にすることでもないと思っているのに。

稲川が僕を標的にする理由が分からない。

調子が狂う。つきまとわないでほしいと心底思う。そもそも、あの女の行動理由などどうだっていいじゃないかと思い至って……どう考えても良くない傾向だ。

嫌気が差してくる。

最近の僕は、だいぶ、おかしい。

＊

厚化粧女に絡まれる学校生活が続き、気がつけば九月最後の金曜。ようやく週末が訪れた。

浮き立った雰囲気は昼を過ぎた頃から徐々に膨れ上がっていたが、放課後となった今、それはかなり顕著《けんちょ》だ。教室中を余すところなく満たすその空気に、僕もそっと身を預ける。

明日からの二連休、なにか予定が入っているわけではない。とはいえ、単純に休日は好きだ。二学期が始まって以降は、稲川衣梨奈という厄介者《やっかい》に絡まれる心配がなくなるという、絶対的な安心感も生まれた。

「明日の映画、サトウも一緒に行く〜？」

「あーごめん。私、明日も部活なんだよねー朝から」

「そっかぁ……ミサキも塾だって言ってたし、どうしよっかなぁ」

教室内を漂《ただよ》うざわめきの中から、女子たちが交わす会話が勝手に耳に入ってくる。楽しそうだなと思うが、それだけだ。羨《うらや》ましくはないし、交ざりたいとも思わない。相手が男子であれ女子であれ、彼らの話に対して僕が興味を抱くことは皆無だった。

ちなみに、僕は部活には入っていないし、塾にも行っていない。だから、この休日は勉強しようと考えていた。

成績は、現在のところ上の中程度をキープしている。体感としては、常に学年で二十番から三十番以内をうろうろしておくのがベターだ。良すぎると無益な競争に巻き込まれかねないし、教師からの期待も膨らんでしまう。

どうせ死ぬなら勉強する必要だってないのでは、と言われてしまえばそれまでだが、両親から小言を並べられないくらいの成績を維持していたほうが、なにかと楽だ。

両親——特に母親は、僕の大学進学についてかなり気を揉《も》んでいるようだが、現時点ではある程度の成績を取ることができているから、今のところ進路についてとやかく言われることはない。言うなれば、彼らへのポーズという意味で勉強している意味合いが強い。進学前にこの世を去る以上、両親の期待に添えないことはすでに決定しているのだが。

将来の役に立つわけでもなんでもない、僕にとってはスムーズに死を迎えるためだけの勉学。

虚《むな》しい気はするけれど、仕方がない。

勉学に励むことは嫌いではないが、良い成績を取り続けることはそう簡単ではない。しかし、塾へ通えば人と関わらなければならない。それは避けたかった。だから、塾に行かずとも両親を納得させられるよう、休日にはだいたい勉強をして過ごしているのだ。

ざわざわと楽しそうに喋《しゃべ》りながら教室を出ていくクラスメイトの波に乗り、僕も帰路に就いた。聞こえてくるクラスメイトの名前は、聞き覚えがあったりなかったりとまちまちだ。ただ、顔と名前が完全に一致している人間はひとりとしていなかった。……いや、ひとりだけ、いるにはいるわけだが。

「ふふん。逃げようったってそうはいかないんだから」

校門を出たところで、顔と名前が一致する唯一のクラスメイトに不意に声をかけられ、僕は思わず片手で目元を覆《おお》った。

声をかけられるよりも先に教室を出たというのに、なぜか稲川は校門の傍《そば》で待ちぶせしていた。ストーカーかよ、と心の中で毒づく。

「……待ちぶせとか……頭大丈夫か、あんた」

「まぁ良くはないけどね」

「知ってる……」

そういう意味で言っているわけではない、というツッコミは避けた。会話を続けたい気持ちは一切ないからだ。

本人の言う通り、稲川の成績はクラスでも学年でも下から数えたほうが早い。そのことは知っていた。無論、本人から聞かされたのだが、わざわざ記憶してしまっていることに改めて苛立った。

まるで、この女に関心を持っているみたいだ。

僕が時間をかけて積み重ねてきた安寧《あんねい》を、この女に壊されかけている。以前はなにかに腹を立てることさえ滅多になかったのに。

嫌になる。こんな感情は、邪魔でしかない。

「ねえ、今日はどこ行くの？　……あっ」

無視して歩き出すことにした。稲川は「ちょっとぉ！」と不機嫌そうに声を荒らげながら、ノコノコと僕の斜め後ろをついてくる。

気が滅入《めい》る。面倒すぎて逃げる気にもなれない。だからといって歩幅を合わせてやるのは癪《しゃく》だ。

そして、そんなことを延々と考え続けていること自体が、なによりも癪《しゃく》だった。

「はーん。分かった、あの猫のところに行くんでしょ」

しばらく無言を貫《つらぬ》いて歩いていたが、唐突に背後から稲川の声がして、つい振り返ってしまった。分かってるんだから、と言わんばかりの得意げな顔がまた新たな苛立ちを生む。だが、躍起《やっき》になって否定するのも面倒だった。

僕が向かおうとしている先は、稲川が指摘したそれがそのまま正解で、あの三毛猫がいる神社だ。しかし、今まで稲川がそこまでついてきたことはなかった。

それなのに知っているということは、こっそり尾行でもされていたのかもしれない。なにを考えているのか分からないこの女のことだ、十分にあり得る話だった。

ついてくるなと言ったところで、どうせ来る。だからなにも言わないことにした。

これ以上、この女と余計な会話を積み重ねたくなかった。強めにそう意識していないと、近頃では簡単に返事をしてしまいそうになることばかりだ。

いっそ、「僕、来年死ぬんだ」と打ち明けてしまったほうが気が楽だろうか。

頭がおかしい奴だと思われるかもしれないが、そう思ってもらえれば、こいつも過ぎた干渉をやめるかもしれない。

そんな考えを名案だと思ってしまいそうな時点で、僕も相当参っているのだと思う。人付き合いの経験そのものが乏《とぼ》しい僕には、結局、どうするのが正解なのか分からない。

住宅街のど真ん中にある小さな神社。鳥居をくぐり、本殿の横を通る細い砂利道《じゃりみち》に入る。途端に「にー」と細い鳴き声が聞こえた。なぜか稲川がふふ、と笑う。

「やっほー、にゃんこ。ご主人様がおやつ持ってきたぞー」

……「ご主人様」じゃないだろ、僕もあんたも。

そのツッコミは、心の中だけに留める。

思わず口を挟みたくなることが増えた。まさかこの頭の悪そうな女がそこまで画策《かくさく》して喋《しゃべ》っているとも思えないが、開きかけた口をごまかすのも、そろそろ不自然になってきている気がする。今日もまた、家から持ってきた安価なキャットフードを鞄《かばん》から取り出す。それを差し出すと、にー、とさっきより少し大きく鳴いた猫はすぐさま食《は》み始めた。

ポリポリ、ポリポリ。軽めの咀嚼音《そしゃくおん》が、寂《さび》れた景色の中に響いては消える。

茶髪女に行動を読まれるくらい頻度が上がっていたなら、この餌《えさ》やりももうやめるべきなのかもしれない。この猫と過ごす時間は嫌いではなかったが、そろそろ終わりにしなければ。もうすぐ死ぬ僕は、なにもしてやれないのだから。

別れが惜しいわけではなかったものの、なんとなく物寂しさを感じて猫の頭に触れようとすると、猫は僕の手を避けるみたいにスッと傍《そば》を離れた。

僕自身、単なる気まぐれでこんなことをしているつもりでいるが、猫は猫で大概《たいがい》気まぐれな生き物なのだろう。餌《えさ》を用意した僕のことなんて振り返りもせず、出入り口のほうに歩を進めていく。しかし境内《けいだい》から出ずに、猫は鳥居の直前で左へ曲がった。

そちら側にはちょっとした遊び場があり、古びた遊具がいくつか並んでいる。

猫の歩む方向へなんの気なしに視線を向けると、ブランコを立ち漕《こ》ぎしている稲川の姿があった。

……なにやってんだ、あいつ。

茶髪で厚化粧の女子高生が古びたブランコで遊ぶ光景は驚くほどシュールで、僕は笑えばいいのか目を背《そむ》ければいいのか、反応に困ってしまう。

しかし、猫はどんどん進んでいくから、僕も遊び場の方向に歩かざるを得ない。

僕と猫の気配に気づいたのか、稲川はブランコの勢いを緩め、座ってから動きを完全に止めた。立ち漕《こ》ぎの状態からジャンプで飛び降りそうな性格だと思っていたから、まともな降り方をしたことが意外に思えてくる。

「昔ね、ママと一緒によく遊びに来てたんだ。ここ」

「……へえ」

知らねえよ、別に聞いてねえし。

そう思ったものの、それをそのまま口に出すわけにもいかず、僕は適当な相槌《あいづち》を挟むに留めた。

申し訳程度の遊具が並ぶ、公園と呼ぶのも憚《はばか》られるちっぽけな遊び場は、柵《さく》などで仕切られているでもなく、誰もが自由に出入りできる。

とはいっても、いつ来てもだいたい誰もいない。閑散《かんさん》としている。無論、今も。

ふたりと猫一匹しかいないそこに、子供向けの古びた遊具がぽつん、ぽつん、と配置されているさまは、哀愁《あいしゅう》が漂《ただよ》っている。神社そのものも寂《さび》れた雰囲気に満ちているが、この遊び場も同様だ。

そのとき、不意ににー、と鳴き声が聞こえ、我に返った。

見ると、猫は僕が餌《えさ》をやっているときよりも心なしか甘えた声を出しながら、稲川の足元にすり寄っている。

……なんだこいつ、いきなり。女好きなのかな。

「おっ？　なになに、ご主人様はあっちだぞ～」

若干嬉しそうな稲川の声に、だから僕はこいつのご主人様ではない、と内心で毒づく。

やはり、この猫に構うのはこれで最後にしようと改めて思う。飼えもしない癖に中途半端に可愛がったところで仕方がない。僕もこの猫も、幸せにはなれない。

はぁ、と小さな溜息《ためいき》が零《こぼ》れてしまったとき、稲川がおもむろに口を開いた。

「ねぇ井荻、この子のこと飼わないの？」

「……飼わない」

「なんで？　すっごく懐いてるのに。井荻だって可愛がってるじゃん」

むしろあんたに懐いているみたいに見えるがな。

そう思いつつも、質問に答えるだけに留めるべきだと意識を強める。

「餌《えさ》をやってるからだ。同じことをすれば僕じゃなくても懐く。それに、最後まで面倒見られないなら飼ったって逆に迷惑だろ」

茶髪女の反応を待たず、一方的に伝える。普段よりも言葉数が多くなってしまったが、いっそそのほうが、会話のキャッチボールは続かなくなるのではという気がした。

返事はなかった。別にそれで良かったのに、どうしてか、僕は稲川に視線を向けてしまう。

稲川は、目を見開いてぽかんと口を開けていた。

……なんだ、その間抜けな顔は。眉根を寄せると、彼女は少々面食らった様子で喋《しゃべ》り出した。

「えっと、誰に迷惑?」

「え……猫と、あと親」

「なにそれ。なら最後まで面倒見ればいいじゃない」

微妙に焦点がズレたことを尋ねてくるなと思って真面目に答えてやれば、次の瞬間には呆《あき》れきったような声を返してくる。

その声に、無性に腹が立った。

こいつ、本当になんなんだろうと思う。余計なことを言うべきではなかったと心底後悔して、今すぐこの女との会話をぶった切ってしまいたい衝動に駆られた。

イライラする。最近感じた中で、一番大きい苛立ちだった。

僕がどうしようと、あんたには関係ないだろう。どうして、こうも毎日毎日関わろうとするんだ。これ以上、僕の中に踏み込んでこないでほしい。

ああ、いっそ本当のことを言ってしまえば、この女はもう僕につきまとわないだろうか。

それなら――

「無理。僕、来年死ぬから」

長年誰にも明かさなかった、親にさえ信じてもらうことを諦めた秘密を茶髪女目がけて叩きつけてやる。それも、牽制《けんせい》のためだけに。

わざと粗雑《そざつ》な言い方を選んだ。頭がおかしい奴だと思われても、構いやしなかった。

これ以上僕に関わらないでくれ――そういう内心が滲《にじ》み出た口ぶりになって、一瞬、自分がひどいことを言っているような気分になった。

そんな僕の顔を、稲川がぐっと覗《のぞ》き込んできた。非常に深刻そうなその顔が、軽そうな外見にまったく合っていない。

急に縮まった距離に、僕は反射的に身を引く。だが稲川は表情ひとつ変えないまま、普段よりトーンを抑えた声を零《こぼ》した。

「来年、死ぬの？」

……食いつくところはそこなのか。

てっきり笑い飛ばされるか、あるいは引かれるものとばかり思っていたから、真剣に訊《き》き返されてつい戸惑ってしまう。

とはいえ、自分から振った話だ。稲川から距離を取りつつ、僕は最低限の返答をすることにした。

「死ぬよ」

「なんで？　病気かなんか？」

「さぁ」

半《なか》ば投げやりな僕の返答に、稲川はついに言葉を失くしたらしかった。

にゃあ、と間延びした声が聞こえ、なんだか僕たちが交わしている会話が滑稽《こっけい》に思えてくる。

それでも、僕は畳《たた》みかけるようにして続けた。

「これ以上、僕につきまとうの、やめて」

……これでいい。

心の中に蓄積し続けてきたこの女に対する鬱憤《うっぷん》のすべてを、本人相手に吐き出してやった。ざまあみろ。

いつの間にか、僕はきつく拳《こぶし》を握り締めていた。思った以上に、余裕は削《そ》がれていた。頭がおかしい奴だと思われてももう構わないという諦念《ていねん》と、とうとう言ってやったぞという達成感とが綯《な》い交ぜになって、僕の呼吸を乱しにかかる。

自分が今興奮しているのだと気づくまでに、少し時間がかかった。

興奮なんて何年ぶりに味わうだろう。幼い頃にはまだ何度か抱くこともあったその感覚が、今の僕にとってはあまりにも新鮮だった。

稲川は、沈黙を貫《つらぬ》いたままだ。黙り込んだきり、呆然と目を見開いて、すっかり固まってしまっていた。

まばたきひとつせずに固まり続ける茶髪女の横を素通りし、僕は足早に境内《けいだい》を出る。にー、と猫の鳴き声がしたが、そちらにも見向きはしなかった。

もうここには来ない。猫と顔を合わせることもない。それに、僕のペースを散々引っ掻き回してくれた稲川衣梨奈との関わりも、終わる。

稲川は、僕を追いかけては来なかった。

やってやった、という気持ちが強く身体の中を駆け巡る。

先ほど全身を貫《つらぬ》いた興奮が、いまだに冷めやらない。溜飲《りゅういん》が下がる、とはこういう心境を示す言葉なのかもしれないと思う。同時に、胸の底を微《かす》かな靄《もや》がぞわぞわと這《は》うような感じがして、妙に息苦しかった。

……なんだ、これ。

これで良かったと思うのに、そうとしか思えないはずなのに、息苦しいだなんておかしくないか。

靄《もや》と息苦しさの正体が「罪悪感」だと気づいたのは、自宅に着いた頃。それでも、その罪悪感を誰に対して抱いているのか――猫に対してなのか、それとも稲川衣梨奈なのかまでは、僕には結局分からずじまいだった。

ただ、言葉を失って黙り込む稲川の顔が、瞼《まぶた》に焼きついて離れなかった。

第2章　十月、降られた猫に雨傘

ようやく、稲川衣梨奈を突き放すことに成功した。

二学期が始まってからというもの、あの女に振り回されるだけ振り回されて、しなくてもいい心労を重ねて……そんな日々ともお別れだ。絡まれることはもうないだろう。

月曜日の今日、神社で一方的に拒絶の言葉を放って以来、稲川と初めて顔を合わせることになる。

最後に見た稲川の顔をまた思い出してしまう。あの日も感じたほのかな罪悪感――土日にも引きずる羽目になったそれが、胸をぞろぞろと這《は》うようにして蘇《よみがえ》る。

露骨《ろこつ》に突き放してしまった自覚はある。

だがそれも、彼女が僕にあれこれとちょっかいを出してこなければ良かっただけの話だ。

そう自分に言い聞かせることで、燻《くすぶ》るように残っていた違和感を、土日の二日間をかけて無理やり消化したつもりだ。

思考ごと蹴散《けち》らしたくなり、僕は強く首を横に振った。

知らない。だいたい、僕が死ぬという事実を告げたことが、そのまま稲川を傷つける理由にはなり得ない。からかい相手がいなくなるというショックはあるだろうが、稲川にとってはそれだけのはずだ。だから、僕が罪悪感を抱く必要はない。

姿見の前で念入りに寝癖を確認する。まさかまだ馴《な》れ馴《な》れしく話しかけてくるなんてことはないと思うが、あの根気強さを思うと絶対とは言いきれない。僕を避ける稲川を実際にこの目で確認するまで、安心はできない。

もやもやした気分と緊張を抱えて、家を出た。

必要以上に髪を確認したのは、以前、稲川に寝癖を発見されて絡まれたことがあったからだ。絡まれるきっかけを自ら用意するわけにはいかない。歩きながらまたも髪を撫で、いや、今日からはそもそも絡まれないのではと思い、僕はひとりで派手に顔をしかめた。

僕の生活は、いかに稲川からの干渉を避けるかが再優先事項になってしまっている。辟易《へきえき》した。あの女の姿が見えないところでまでこんなに気を張って、振り回されるにもほどがある。

いいんだ。もう終わったんだ。今日からは普段通り。

それで良かったはずなのに――それこそが僕の望んでいたことだったはずなのに、寂しいというか物足りないというか、なぜかそんな気分になってしまう。

まさかそんなわけはないよなと、考えることをいい加減やめにする。

なんとなくもやもやした気持ちを拭《ぬぐ》いきれずに校門前まで辿《たど》り着いた、そのときだった。

「あ、寝癖だー」

……背筋が凍《こお》った。文字通り、凍《こお》りついた。

聞き慣れた、今にもまとわりついてきそうな高い声。

いや、他の誰かに話しかけているだけかもしれないと一縷《いちる》の望みに縋《すが》ろうとしたが、その望みは肩にぽんと手を置かれたことであっけなく散った。

——正気かよ、こいつ。

「おはよー井荻！　寝癖、全然直ってないよ～？」

先週までとなんら変わらない声だった。ショックもダメージも、これっぽっちも受けていないないと言いたげな。

もしかして、金曜のことは僕の夢だったのでは。焦燥《しょうそう》に駆られつつ首だけをゆっくり動かし、声の主を見下ろす。

目が合った。にっこりと笑われた。眩暈《めまい》がした。

「金曜の、神社での話なんだけど。昼休み、ちょっと時間いい？」

「……え……」

「いいよね？」

強引がすぎる。だが、今日からは絡まれることがないとほとんど確信していた僕は、動揺のせいでうまく対応ができない。

返事をできずに黙っていると、「は〜い決定〜」と、稲川はまたも楽しそうに笑った。

……溜息《ためいき》ひとつすら、出そうになかった。

＊

教室で食べた弁当は、ほとんど味がしなかった。

気の乗らない食事を終えたと同時に、稲川は問答無用で僕を屋上まで引っ張っていく。おおかた、僕が弁当を食べ終えるまで監視していたのだろう。

今日は風が強く、屋上は想像していた以上に寒い。思わず天を仰ぐと、ふっと足が竦《すく》んだ。空が青い。青すぎて逆に不安になってくる。まぁ、その原因は空にというよりも、ここに僕を連れてきた稲川衣梨奈にあるのだが。

大きく腕を広げて伸びをする茶髪女を、一瞥《いちべつ》する。ただただ居心地が悪かった。

屋上で昼食を取ることは校則によって禁じられているが、中には何人か、弁当を手にしている生徒の姿も見える。

硬いコンクリートに胡座《あぐら》をかく数名の男子生徒のうちのひとりと目が合った。慌てて逸《そ》らすのも気が引けたため、僕はゆっくりと空を見上げて相手からの視線を遮《さえぎ》る。

派手な外見の女とふたり。目立つよな、と思う。目立ちたくないんだけどな、とも。

そんな僕の内心になど気づいてもいないのだろう、稲川は男子生徒の群れとは逆の方向に足を運んでいく。

必然的に僕も彼女について行かざるを得ない。多分、稲川はこれから交わす話を他の誰にも聞かれずに済むよう、人の少ない屋上を選んだのだ。僕も、好奇心の滲《にじ》む視線を向けてくる男子生徒の群れに話を聞かれたくはないことに違いはない。

屋上の端の端、大袈裟《おおげさ》に思えるくらいの高さを誇る安全柵《あんぜんさく》。稲川はそのすぐ脇の、少し高くなったコンクリート部分に腰を下ろし、すでにこの場所からは見えない男子生徒たちの方向をちらりと見やってから深く息を吸い込んだ。

「ねえ、こないだの話。死なないようにはできないの?」

……思った以上に単刀直入だ。

とんとんと自分の隣を指し示す稲川は、どうやら僕に隣に座ってほしいらしい。しかし僕は目を逸《そ》らして拒否した。

稲川の隣になんて、到底座る気になれない。そもそも、僕はこの女と話をしたいとこれっぽっちも思っていないのだ。

僕のその態度が、多少なりとも稲川のカンに障《さわ》ったらしい。彼女はムッと眉根を寄せ、不機嫌そうに口を尖《とが》らせた。

「なによ、あのときも一方的に言い捨てて逃げてっちゃうしさ」

まぁ、あれであんたとのやり取りは終了する予定だったからな――不満を宿した稲川の言い分に、僕は内心でそっと毒づく。

無言を貫《つらぬ》き続けていた僕を、しばらくじっと見つめた彼女は、やがて諦めたように露骨《ろこつ》な溜息《ためいき》を落とした。それでも、表情は先ほどから一貫して真剣なままだ。

……やっぱりこいつ、馬鹿だ。

僕の話を疑っていない。母親にすら信じてもらえなかった妄言《もうげん》に等しい僕の言葉を、こいつは頭から信じている。

元々知ってたけれど、頭、弱すぎる。

「まさか信じたのか、あんなアホみたいな話」

「嘘なの？」

嘲《あざけ》りを込めて放った言葉に真っ向から返され、言葉に詰まってしまう。

嘘ではない。嘘ではないが、だからといって信じてほしかったわけでもない。自分の気持ちのどこまでをこの女に伝えればいいのか、僕にはもう分からなかった。

「嘘、というわけでは……」

「本当なんでしょ？　よぉし、じゃあ作戦会議しよ！　放課後、あの神社でどう？　誰もいないところのほうがいいよね？」

「……は？」

しどろもどろに嘘ではないことを僕が告げている途中で、稲川はさも名案を思いついたとばかりに両手をパンと合わせた。

一方的にもほどがある。当事者である僕の意見を聞き入れる素振《そぶ》りのない彼女に、心底辟易《へきえき》してしまう。

次の瞬間には腕を掴《つか》まれ、ぎょっとした。馴《な》れ馴《な》れしい。僕の秘密を知って避けるどころか、以前よりも馴《な》れ馴《な》れしさが増している。

おかしい。なんでこうなるんだ。

「今日もキャットフード、ちゃんと持ってきてる？」

「い、いや……」

「はっはー、そう言うと思って私が持ってきてるのだ～！　昨日奮発《ふんぱつ》してちょっといい猫缶、ホームセンターで買ってきたんだよね！」

浮かれた声で得意げに話す稲川を、別世界の生き物を見るような目で眺めてしまう。

実際、僕とは違う世界を生きているとしか思えない相手だ。絡まれ始めた頃から、その考えは変化していない。

晴れやかに笑う稲川の顔から目を逸《そ》らし、僕は足元のコンクリートをじっと見つめた。稲川を見ているよりは、無機質なものを見ていたほうが遥《はる》かに気が落ち着く気がした。

まずは猫ちゃんにご飯をあげて、それから……となおも楽しげに話し続ける稲川の声を、僕は半《なか》ば強引に遮《さえぎ》った。

「僕はもうあそこには行かない。だいたい野良猫の餌《え》づけなんて褒《ほ》められたことじゃないぞ」

「えっ、それアンタが言う？」

「だ、だからもう行かないって言ってるだろ」

「じゃあうちくる？」

「はァ？」

思わず間抜けな声が出てしまう。

なにを言い出すんだこいつ、藪《やぶ》から棒《ぼう》に。顔が盛大に引きつった自覚はあった。

こいつは僕をなんだと思っているんだ。これでも男だぞ、一応。自宅に連れ込むだなんてそんな……とまで考えてから、僕のほうこそなにを考えているんだろうと眩暈《めまい》がした。

まるで僕が率先してやましいことを考えているみたいだ。頭を抱えそうになる。

「……行かない……」

「よし、じゃあ決まりね。放課後、神社集合。ていうか一緒に行こ？　以上、解散！」

どっちにも行かないという意味だ、と声を荒らげかけたときには、すでに稲川は僕に背を向けていた。

軽《かろ》やかな足取りで階段の方向へ向かっていく稲川の背を、呆然と見送る。

……なんでこうなるんだ。

カンカンカン、と甲高《かんだか》い音を立てて階段を下りていく彼女の足音を聞きながら、僕はここに来たときと同じように再び天を仰いだ。


稲川の放課後の嫌がらせは、昇降口での待ちぶせと僕の机の前への仁王立《におうだ》ち、ここ最近ではその二パターンがある。

今日は机の前だった。逃げようがない。いや、昇降口での待ちぶせも逃げようがないことに変わりはないが。

逃げるために頑張らなければならないのも辛い。だから仕方なく付き合ってやることにした。くどいかもしれないが、僕自身は決してこの応酬《おうしゅう》を楽しんでなんかいない。

校門を出るなり、稲川は僕の手首を掴《つか》んだ。ぎょっとしたが、稲川はなんとも思っていない様子で、僕を引きずるように手を引っ張って歩き出した。

別に逃げねえよと思ったが、わざわざ声に出してまで伝えるのは億劫《おっくう》だった。結局、僕はされるがまま、黙って稲川についていくことにする。

女性と手を繋《つな》ぐのは何年ぶりだろうと思う。幼児期以来、下手をすると人生初かもしれなかった。

普通ならドキドキしたり勘違いをしてしまいそうになったり、いろいろあるのかもしれないが、今の僕は気恥ずかしさなどちっとも感じられずにいる。鷲掴《わしづか》みに等しい手首への触れ方は、繋《つな》ぐというよりは握ると言い表したほうが近い。どう贔屓目《ひいきめ》に見てもただの連行だ。

稲川は、踵《かかと》の高いローファーをカツカツと鳴らしながら早歩きをしている。僕からすると、いつもよりほんのわずかに歩幅を広げる程度の速度でしかないのに、妙に忙《せわ》しない。女という生き物は歩行ひとつ取っても大変なんだな、と、的外れなことを思う。

交差点に差しかかり、赤信号に引っかかる。

稲川は動かしていた足を止め、僕の手首を掴《つか》んだまま、不意に顔を覗《のぞ》き込んできた。低い位置から見上げられ、こいつ意外と小さいんだな、と思う。靴のヒールがこれだけあるのに……僕が思っている以上に、この女の背丈は低いのかもしれない。

「あのさ。前から思ってたんだけど、私のこと、名前で呼んで」

「え……稲川さん……？」

「『稲川』じゃなくて、下の名前でって意味。あと『さん』とか要らない」

それ、今しないといけない話なんだろうか。

そんなことを思っているうちに信号が青に変わり、稲川は僕の答えを待たずに再び前に向き直ってしまう。

短い足——という言い方はさすがに失礼だろうか——を懸命に動かし、稲川はまたも早歩きで僕を引っ張る。

無理して急がなくてもいいぞと伝えてみようか迷ったが、誤って足の長さの話までしてしまいそうだったからやめた。そんなことを言ってしまえば最後、来年を待たずに死を迎えさせられかねない。

それにしても、この女は無理を言うものだと思う。いきなり下の名前でなんて呼べるわけがないとは思わないのか。稲川は僕の彼女ではないし、それどころか僕らは仲の良い友人同士ですらないのだ。

そもそも、この女の名前を呼ぶ状況にはまずならない。僕にはこいつと話す気はないのだから。脳内では「稲川」とか「茶髪女」とか「厚化粧」とかさまざまな呼び方をしているが、まぁ……それもわざわざ本人に伝えるべきことではないだろう。

あれこれと思考を巡らせているうちに、僕らは目的地である神社に到着してしまった。

相変わらず閑散《かんさん》としている遊び場に向かう。すると、稲川は僕の横をすっと通り過ぎ、やにわに滑り台の階段を上り始めた。

……なにやってんだ、こいつ。

「なっつかしー、こないだ来たときこれもやりたかったんだよね。井荻もおいでよ」

「僕はいい。それより用件……」

「あっはは、だよねー。言うと思った」

笑う稲川の声は、妙に乾いて聞こえた。

稲川は、僕が拒否すると分かっている提案をわざと持ちかけては僕の反応を楽しむ傾向があるから、今のやり取りもそれを狙っていたのだと思う。それなのに、なぜか、いつになく冷めた声を返してくる。

怒らせてしまっただろうかと、わずかながらも怯《ひる》んでしまう。怒らせたところで、別に僕には関係ないじゃないかと思うのに。

この女に気を遣ってしまうだなんて、最近の僕はやはりどうかしている。

滑り台の後は鉄棒、その後はジャングルジム。手当たり次第に遊具に足を運んでは、稲川はそれで呑気《のんき》に遊ぶ。

鉄棒でくるんと回転されたときには、まさか短いスカート姿でそれだけはやるまいと思っていたから、非常に焦った。露骨《ろこつ》に目を逸《そ》らしてさっさと回りきれよと心の中で毒づき、そろそろいいかと視線を向け直すと稲川はまだ逆《さか》さになっている。

ぎょっとして、ついスカートに目が行ってしまう。だが、スカートの中には太ももまで折り込まれたジャージがしっかり穿《は》かれていた。

——完全に遊ばれている。

「んふふ。見えるわけないじゃん、期待した？」

……してねえよ、くそ。

なんなんだ、本当に。なんで僕が焦らなきゃいけないんだ。

さっさと本題を済ませて帰りたい。というより、稲川の気まぐれでしかないこんなやり取りに、律儀に付き合ってやる必要はない。

「……帰る」

「あー！　待って待って、ごめんってば！」

鉄棒を回り終え、慌てて走り寄ってくる稲川に冷めた視線を向けつつ、僕は帰路に就くつもりで鳥居を目指した……だが。

「にー」

ぐいっとなにかにズボンの裾《すそ》を引っ張られ、反射的に背筋が強張《こわば》る。

ゆっくりと視線を下げると、そこにはふてぶてしい顔をした三毛の野良猫の姿があった。飯はまだか、と言わんばかりにガシガシと足を叩かれ、僕は思わず目元を押さえた。

「おー！　ありがと猫ちゃん、ご褒美におやつあるよ～」

「んにー」

あっさりと僕に追いついた稲川が、背負っていた鞄《かばん》を下ろしてガサゴソと中を漁《あさ》り出す。

そういえば、昼に『猫の餌《えさ》を持ってきている』と言っていた。それも僕が与えていたような安物の餌《えさ》などではなく、上質な旨味を湛《たた》えた、値の張る猫缶。買ったって言ってたもんな、昼休みに。

稲川が差し出した高級猫缶に、三毛猫は勢い良く食いついた。

心なしか、僕が餌《えさ》をやっていたときよりも嬉しそうだ。物言わぬ猫に親しみを覚えた時期もあったが、稲川との謎のシンクロを見せることが増えた現在のこの猫は、僕にとって厄介者《やっかいもの》に近かった。

餌《えさ》を食べ終えた猫は、満足そうにペロペロと舌を動かし、それを眺める稲川も満足そうだ。

僕じゃなくて、あんたが飼ってやったらいいんじゃないか――そんな嫌味が喉《のど》まで出かかって、無理やりそれを呑み込んだ。

自分から話しかけるのは避けたい。負けた気がしてしまう。別になにかと戦っているわけではないと、ちゃんと分かっているのに。

空《から》になった缶を片づけた稲川は、再び遊び場に足を向けた。

まさかまた遊ぶつもりかと辟易《へきえき》していると、ジャングルジムを指差す稲川と目が合った。

「井荻も一緒にやろ！」

……嫌だ。

首を横に振って意思表示をしたのに、稲川はわざわざ傍《そば》に駆け戻ってきて、僕の背をぐいぐいと押し始めた。

足がもつれて転びそうになる。「分かったからやめろ」と叫んでから、はっとした。

結局、そうして僕も錆《さ》びたジャングルジムに上る羽目になった。稲川に絡まれるようになってから、つくづく、僕は詰めが甘いなと思い知ることが増えた。

「井荻はそっちから上ってきてね。上で合流しよー」

楽しそうに笑う稲川を横目に、僕は返事もせず、錆《さび》まみれのジャングルジムに手をかけた。

高校生ふたりが、対角線上にジャングルジムの頂点を目指す姿は、相当シュールに見えるだろうなと自嘲《じちょう》する。

けれど頂上まで上って座ってみると、それほど大きくない遊具だが、いつもと景色が違って見えた。

すっかり僕らから関心を失くしたらしい猫が、賽銭箱《さいせんばこ》の横にゴロンと転がっている。思わず笑ってしまいそうになった。

勘弁してくれと心底思っていたはずなのに、懐かしい気分になる。こんな遊具で遊ぶなんて、多分、幼稚園児の頃以来だと思う。小学校に進学してからは、すでに「外で元気に遊び回る子供」ではなくなっていたと思うから。

懐かしさのせいか気が緩んで、つい、自分から口を開いてしまった。

「……思ったより」

「え？」

「いや。高さあるんだな、って思って。こんなのでも意外と」

なんだか今日は、口が軽くなる。

改めて尋ねられたわけでもないのに、僕は例の能力について、稲川に話してしまっていた。

「僕が死ぬ日、来年の三月二十五日……春休み中だな。分かってるのはそれだけだ」

「原因はなんなの？」

「知らない。なんでとかどこでとか、そういうのは分からないし、他人の死ぬ日も分からない。分かってるのは僕がその日限りで、ってことだけ」

対角線上にいた稲川が、僕の隣まで歩み寄ってきて座る。

避けようにも不安定なジャングルジムの上だ、簡単には身動きが取れない。まさかこんなことまで僕をからかうための作戦なのかと思ってしまう。

そんな僕の内心をよそに、西日に照らされた稲川の顔は至って真剣な様子だ。

派手な外見と深刻そうな表情が最高にミスマッチで、思わず頬《ほお》が緩んでしまう。すると彼女は、こめかみに青筋を立てて声を荒らげた。

「ちょっと！　なに笑ってんのよ、こっちはアンタの話を真面目に聞いてんのに！」

「あ、ああ。すみません」

「は？　なにその敬語、普通に喋《しゃべ》ってよ……あ、でも井荻が笑うの珍しいね。あっはは、えくぼだー」

稲川は無遠慮に僕の頬《ほお》に人差し指を伸ばすと、つんつんとつついてきた。

「ちょ、触るな。危ないだろ」

唐突な接触のせいで声が上擦《うわず》った。

なんだよ急に、馴《な》れ馴《な》れしい。

近づかれるだけでも焦るのに、遠慮なく触ろうとしてくるのは勘弁してほしかった。女性とのその手のやり取りに慣れていない分、ついびくっと身を引いてしまう。

僕だって一応男だ。あまり無防備に踏み込んでくるなよ、と思う。

もしかしたら稲川自身はそういうことに慣れていて、大して抵抗がないのかもしれない。それはそれで、僕が露骨《ろこつ》な反応を示してばかりなことを面白がられているみたいで癪《しゃく》だ。

頬《ほお》に伸びていた細指は、すぐに離れた。

再び表情を引き締めた稲川は眉根を寄せ、うんうん唸《うな》り声をあげている。

「例えばその日一日、外に出なかったらどう?」

「急に脳の血管が切れるかもしれないだろ」

「あ、だったら病院は!? 病院の前で待機してたら安心なんじゃ」

「車が突っ込んでくるかもしれない」

「んもう! せめて原因くらい分かんないの!?」

「分かんないから諦めてんだろ……」

短気な女だなと思う。自分の思うように話が進まないと、すぐに声を荒らげる。面倒くさい。

だいたい、それが分かっていたら僕だってさっさと手を打つに決まっている。十年以上もの間、対処の方法が見つからなかったからこそ諦めているのだ。今頃になって他人のあんたにどうこうできる問題ではないわけで……とまで考えたとき、稲川の顔を見て思考が止まった。

夕日が雲に隠れ、彼女の顔まで翳《かげ》らせる。苛立たしそうに寄せられていた眉根はすっかり緩み、代わりに眉尻が下がっていた。

「……諦めてるの？」

声は掠《かす》れ、しかも普段より数段低くて、らしくない気がした。

なんでそんな寂しそうな顔をするんだ。僕がどうなったって、あんたがそんな顔する必要、ないだろ。そんな顔をするくらいなら、僕の秘密を知ったときに、つきまとうことをやめれば良かったんだ。

さすがにそれを口にしたら傷つけてしまうと思って、結局なにも言えなくなった。

……なんでだ。こいつが傷つこうがどうしようが、僕には関係ないじゃないか。

なんで僕なんだ。どうして僕の話を鵜《う》呑《の》みにしてしまうんだ。頭がおかしい奴だと笑って離れてしまえば良かったのに、そうしなかったのはあんただろ。

――いつの間にか、僕は、それを稲川に言いたくなくなっている。

固まった僕を横目に、稲川は一段ずつゆっくりとジャングルジムを下り始めた。

はっと我に返った僕も、稲川が下りきったところを見計らってから一段ずつ下りていく。

「……ここね」

背を向けて話し始める稲川の声は、やはりしおらしかった。

どうしたらいいか分からなくなる。

黙って聞いていていいものか迷って、でもそれ以外になにもできそうになくて、そうこうしているうちに向こうがまた口を開く。

「昔、ママとよく遊びに来てたんだ。前にも言ったっけ」

「え？　あ、ああ」

唐突な話題についていけず、相槌《あいづち》は間抜けな感じになってしまう。

「小学校に上がってからも、二年生か三年生ぐらいまではよく来てた。友達と来たこともあるし、ママが仕事から帰ってくるまで、ひとりで遊んでたこともあった」

「……ふうん」

「昔から古かったんだよ、あの滑り台。手すりも錆《さび》まみれ」

稲川が指差す先には、さっき、彼女が遊んでいた滑り台があった。

彼女が言うように、遠目にも強烈に錆《さび》が目立つそれは、大人に近い稲川の身体をどうやって支えていたのか訝《いぶか》しく思えるほどに古めかしい。お世辞にも乗りたいとは思えなかった。

ブランコ、鉄棒、滑り台――申し訳程度に設置された遊具。

新品だった頃が絶対にあるはずなのに、そんな姿を想像することさえ困難に思えてしまう、ここだけ時代の流れから取り残されてしまったみたいな、古ぼけた、ちっぽけな子供の遊び場。

「小学生の頃はすごく大きく見えたんだ。でもなんか……ちっぽけだね。どれも」

「……そう」

ちっぽけ、という言葉が自分が考えていたことと同じで驚いた。

さっきまで楽しそうに遊んでいた稲川がそんなことを考えていただなんて、思いもしなかったから。

「それだけ。ごめん、オチとか別にないんだ。そろそろ行こ」

稲川は唐突に話題を打ちきり、鳥居の方向を指差した。

ああ、と独り言のように返して、滑り台を一瞥《いちべつ》する。西日を浴びるその姿が心許《こころもと》なさそうに見えて、間を置かず、以前の自分だったらそんなふうには絶対感じなかっただろうにと思った。

こんなとき、なにを言えばいいのか、どんな顔をしていればいいのか、人付き合いを疎《おろそ》かにしすぎて生きてきた僕にはうまく答えを見つけられない。

途方に暮れそうになる。溜息《ためいき》が出そうになって、強引にそれを呑み込んだ。

最近の僕は、ずっとこの調子だ。

＊

稲川衣梨奈とジャングルジムに上る羽目になった日から、二週間が経った。

その間、変わったことがひとつある。本人から頼まれた通り、彼女を名前で呼んでやろうと決めた――ただし頭の中でのみ。

稲川、という名字が、あまり好きではなさそうな口ぶりだったからだ。

なんでそんなふうに思ったんだろう、僕は。だいたい、あの女が自分の名字を好きだろうが嫌いだろうが、僕には毛ほども関係ない。

なのになんだか……ああ、やっぱり最近の僕はおかしい。

『死なないようにはできないの？』

屋上でエリナに告げられた言葉を、不意に思い出す。

彼女を突き放すために秘密を暴露《ばくろ》したはずが、結果は真逆で、エリナをますます僕に固執《こしつ》させる要因になったようだ。相変わらず、エリナは僕につきまとい続けている。

十月も中旬に入り、朝晩はますます冷え込むようになった。

鮮《あざ》やかな緑の並木は、すっかり赤やオレンジに身を染めている。中には、早くも枯れた茶色の葉を道に落とし始めた木々もあった。

随分《ずいぶん》と日が短くなった夕刻、エリナと並んで下校しながら、間もなく最後の秋が終わって最後の冬が訪れるのかとなんとなく感慨《かんがい》に耽《ふけ》る。

こんなふうにタイムリミットを思って感傷的になることは、初めてだった。今までには一度もなかった。もう最後だからなのかもしれない。でも、それだけではない気もする。僕は横目でちらりとエリナを見た。

近頃は、毎日エリナと一緒に下校している。元々好奇の視線を向けられてはいたが、クラスでは僕たちに関する浮ついた噂がさらに飛び交うようになった。

噂の真相を問い質《ただ》してくるクラスメイトたちに、エリナは肯定も否定もせず、にっこり笑い返していた。うまいことはぐらかしているんだな、とつい感心してしまった。ちなみに、僕に直接質問をしてくる人間はいない。

だいたい、僕らは周囲が期待しているような関係ではまったくない。どう噂されようと構わないが、居心地が悪いのは確かだ。できれば、エリナにははぐらかさずに「付き合ってないよ」ときっぱり否定してほしいと思うことさえある。

「うう～寒い！　アンタそんな格好で寒くないわけ？」

「いや別に」

「私、冷え性なんだよね。昨日カイロ買いに行ったら売りきれでさぁ、ホンット困る！　あっ、井荻カイロ持ってない？」

「ない」

「だよね……まぁ別に期待はしてないけど」

相変わらず、エリナはよく喋《しゃべ》る。こちらが聞いていないことまで一方的に喋《しゃべ》り出すから、彼女の情報は僕の中に勝手に蓄積されていく。

僕は僕で、必要最低限の返事はするようになった。そうでないといつまでも訊《き》き返されて鬱陶《うっとう》しいからだ。

でも最近は、本当にそれだけが理由なのか、分からなくなるときもある。

隣を歩くエリナは、寒さに対して免疫がないらしく、首元に分厚いマフラーを巻き、制服のスカートの下に学校指定のジャージを穿《は》いている。僕には暑苦しく思えるが、すっかり見慣れた格好だ。

二週間前、神社の鉄棒で遊んでいた彼女の姿を思い出す。思えばあの頃からバッチリ着込んでいたな、という記憶が蘇《よみがえ》ってきた。

制服の中にジャージを仕込むことに抵抗を覚えないところは、エリナらしいと思う。

化粧やら髪やらは妥協を感じさせない手のかけ方をしているわりに、寒さには敵《かな》わないからと、人目よりも自分の意志を優先するみたいなところ。普通の女子なら服装のほうを気にしそうなのに、なんなんだ。笑ってしまいそうになる。

……エリナらしさ。

そういうものを、僕はこのひと月あまりの間に見つけてしまっていた。しかも、いくつも。

そんなものを知る必要はなかったと思う反面、あたたかくてくすぐったいような気持ちを覚えることも否定できなかった。

「あっ、井荻見て。あのおばけ可愛くない？」

カボチャにドクロに幽霊――街の至るところがオレンジと黒を基調として、派手に彩《いろど》られている。

通りには、ハロウィンの装飾が施《ほどこ》された店舗や家が目立つ。

「……え？　あ、ああ」

半月もしないうちに、今度はクリスマスの飾りに取って代わられるのかと思うと、苦笑してしまう。ハロウィンだろうがクリスマスだろうが、浮かれたイベントなんて興味がないのに。

不思議だ。以前の僕ならこんなことは考えなかった。エリナのせいで、この頃の僕はいろいろなことを考えてしまう。

どうせもうすぐ死ぬのに。積もった雪が解けて、春の気配があらわれる頃には、僕はもう。

寂しさに似た気持ちに駆られて、僕は思わず口を開いた。

「……あのさ」

「んー？」

「なんで僕につきまとってんの、あんた」

今日も僕は、面倒なふりをしながらエリナに問いかけてしまう。

彼女と一緒に帰るたびに、尋ねている質問だ。

「井荻に興味があるからだよ」

エリナの返事は毎回同じだ。僕に興味があるから、彼女は僕につきまとっている。

もうすぐ死ぬなどというタチの悪い妄言《もうげん》を繰り返すクラスメイトに張りついて、構い倒す。そのせいで僕は、余計な感情を抱いてしまいそうになる。

そういうの、要らないんだ。だって、どうすればいい。どうしようもないじゃないか。あと半年も経たないうちに死ぬのに、いなくなるのに、全部なくなるのに。失くしたくなくなってしまったら、苦しいに決まっている。

息が詰まるような感覚に沈みかけたそのとき、不意にエリナが立ち止まった。

彼女が取る唐突な行動にもだいぶ慣れた。それどころか、こういうところもエリナらしいと思うようになってしまった。

僕も足を止め、彼女のほうを向き直る。僕と目を合わせてから、エリナはゆっくりと口を開いた。

「ねえ、井荻」

「……なに」

「私が助けてあげようかって言ったら、どうする？」

助ける……なにから？

それを明言しないエリナの質問は、多分、彼女が思っている以上に僕を惑《まど》わせた。僕のタイムリミットは決まっている。それはどうしようもないと諦めているのに、心が揺らいだ。

エリナは真剣な顔でこちらを見ている。

急に、怖くなった。

同時に、できもしないことを軽々しく口にしてほしくないと思って、腹が立った。

「どうもしない。あり得ない話なんかしたって仕方ないだろ」

無理に平静を装《よそお》って答えたせいか、返事の声は棘《とげ》を含んだものになってしまう。

「……そっか」

独り言みたいに呟《つぶや》いたきり、エリナは黙ってしまった。

気まずい沈黙が流れる。しかし、やがてエリナは僕の顔を下からぐっと覗《のぞ》き込んできた。

僕は反射的に身を引く。この応酬《おうしゅう》にも、いい加減慣れてきたな——苦々しい気分でそう思った瞬間、頬《ほお》になにか冷たいものが触れた。

……雨だ。一拍置いてから気がついた。

「あ、雨！　やだ、傘持ってない！」

「すぐやみそうな気もするけど」

「呑気《のんき》なこと言ってないでほら、雨宿り！　風邪ひくよ！」

騒がしいエリナに引きずられるようにして、僕らは揃《そろ》って近くの店の軒先《のきさき》に入り込む。

用のない店の前だから少々気まずい気もしたが、他の店の前でも学生やサラリーマンが雨宿りをしている様子だったため、まあいいか、と割りきることにした。

しばらく経ってもやまない雨を眺めていると、隣のエリナがぽつりと呟《つぶや》いた。

「……大丈夫かな、あの子」

「あの子?」

「猫ちゃんだよ。神社の」

あの子って言ったら答えはひとつしかないでしょ、と言わんばかりだ。

そんなエリナの声を聞き流しながら、僕は、夏の日に境内《けいだい》の入り口でずぶ濡れになっていた三毛猫を思い出していた。あまりにもみすぼらしくて、かわいそうになって、つい餌《えさ》を与えた相手を。

軽率な僕は、結局、今日もまたあの猫の心配をしている。責任を持って飼うこともできない癖に。

「ねえ、見に行かない? 心配だよ」

「え……今から?」

「なによ。井荻は心配じゃないの?」

「いや、心配……は心配だけど、ここからあの神社までだと結構かかるだろ。傘もないのにどうするんだ」

「そんなのコンビニでビニール傘買えばいいし! ほら、すぐそこにあるじゃん。私行ってくる!」

止める間もなかった。喋《しゃべ》りながらすでに小走りし始めていたエリナは、道路を挟んで向かいのコンビニに向かって、横断歩道を駆け抜けていく。

追いかけようとした途端に青信号は点滅し、ほどなくして赤に変わってしまった。間の悪さに苛立ちを覚えつつ、僕は結局、雨宿りをしたままエリナを待った。

本当に傘のみを購入してきたのだろう、信号がまた青に変わる頃、エリナがコンビニから小走りに出てきた。

……僕をからかうのが好きなこの女のことだ。やりかねないとは思っていたが、エリナが持ってきた傘はやはり一本だけだった。この女と相合い傘なんて冗談ではないと思わず身構えたが、エリナはさも当然のように「はい」と僕に傘を差し出す。

思わず困惑してしまう。これでは「あんたがひとりで使え」と言いづらい。僕が差すなら、エリナを入れてやらないわけにいかなくなる。かといって、突き返すのも不自然だ。

小さく息を零《こぼ》した僕は、とうとう観念して安っぽいビニール傘を広げた。

神社までの道中は、エリナが濡れないかということばかり気に懸《か》かって、猫のことを考えている余裕は正直なかった。

相合い傘なんて今までしたことがない。傘からはみ出した自分の肩が濡れている気がしたが、それを気にしている余裕もまたなかった。気を抜くと腕がエリナの肩にぶつかるから、そうならないようにと、エリナのいる右側に無駄に意識を向け続ける。

神社に到着する頃には、僕の左肩はびしょびしょだった。エリナが「うわぁごめん、ちょっと小さいねこの傘」などと少々的外れなことを言い出したが、いいから、と強引に話を打ちきり、僕は早々に例の野良猫を捜《さが》し始めた。

猫はすぐに見つかった。本殿のひさしの下に潜《もぐ》り込んでいたらしく、思ったよりも濡れてはいなかった。

にー、と細く鳴いた猫に「寒かったでしょ？」と声をかけながら、エリナは迷いなくそれを抱き上げる。汚れるぞ、と言いかけたが、あまりに愛おしそうに猫を抱くエリナの顔を見たら、伝えるタイミングを見失ってしまった。

「……どうすんの、そいつ」

小さく尋ねると、エリナはまっすぐ僕に視線を向けて、きっぱりと言いきった。

「飼う」

「は？」

「前からママに相談してたの。猫、飼っていいかって。まだ説得できてないんだけど、連れてったらママ、もう断らない気がする」

……その自信は一体どこから来るのか。僕には、同じことはとてもできそうにない。

エリナをぽかんと見つめて立ち尽くす僕に、エリナは猫を抱っこしたまま言った。

「ねえ、今から井荻も一緒にうちに来て」

「は？」

「飼うための準備とか、いろいろあるでしょ。この子ちょっと濡れてるし……お腹もすいてるかも。なにからしたらいいか分かんない」

「そ、そんなの僕も知らない」

「だとしても、ひとりよりふたりのほうが心強いじゃん！　ほら傘差し係、早く！」

……誰が傘差し係だ、というツッコミが口から出ることは結局なく、僕はエリナに従うしかなかった。


それからまっすぐエリナの家に向かった。

エリナの自宅は神社からそう遠くなく、歩いて十分ほどの場所にあった。初めて訪れたが、どうやら借家らしい。かなり古びた建物だ。

エリナに促《うなが》されるまま、玄関の引き戸をくぐって短い廊下を進み、居間に入る。外観のみならず、家の中も大概《たいがい》古めかしかった。昔、両親に連れられて遊びに行った、父方の祖父母の家となんとなく雰囲気が似ている。

この空間の中で、こいつは毎日念入りに化粧をしたり、一生懸命髪の毛を巻いたりしているのか。

そんなことが頭に浮かぶと同時に、僕はなにを考えているんだと急に恥ずかしくなった。今まで知らなかったエリナのプライベートに直接踏み込んでしまったみたいな気分になり、妙にそわそわして落ち着かなくなる。

そのとき唐突に「にゃ」と声がして、はっと我に返った。

黒と茶色、それから白。三毛猫の毛はしっとりと湿気を含んでいて、寒さで震えているように見えた。

こんなにおとなしい野良猫がいるだろうかと訝《いぶか》しく思えるくらい、猫はずっと、静かにエリナの腕に抱えられていた。暴れたり威嚇《いかく》したりという様子は少しも見られなかったから、もしかしたら元々は飼い猫だったのかもしれない、となんとなく思う。

「ええと、まずはタオルかな。身体拭いてあげて、それからミルクか……お腹、すいてるよね？」

エリナが猫に話しかける。猫は、まるでエリナの言葉を理解しているかのように、もう一度「にゃ」と短く鳴いた。

猫を抱っこしながら、エリナは器用に他の部屋からバスタオルを二枚持ってきた。一枚を床に敷いて猫を置くと、もう一枚で拭き始める。

慣れない手つきで猫の身体を拭《ぬぐ》うエリナを、僕は居間の端に立って眺めるしかできない。僕がここにいることを忘れてしまったみたいに、猫は僕にほとんど目を向けなかった。

ドライヤーで濡れた毛を乾かされた後、猫はエリナが台所から持ってきたミルクをぺろぺろと舐《な》め始めた。

ふてぶてしい顔をしている。世話をしてもらうのが当然と言わんばかりに、すまして皿を舐《な》める猫の顔を見ていたら、なんだかおかしくなってきてしまった。

僕がぼんやりしている一方で、エリナはとても慌ただしそうにしている。

「急ぎで必要なものってなんだろう？　餌《えさ》と……あっ、トイレもあるよね。この子ちゃんとできるかなぁ」

「どうだろうな」

「ママが帰ってきたら訊《き》いてみなきゃ。でもこの子、元々飼い猫だったっぽい感じしない？　抱っこしてもおとなしくしてるし……あ、そうだ。名前、井荻がつけてあげてよ」

「は？」

思った以上に間抜けな声が出てしまう。これはまた、随分《ずいぶん》と面倒なことを振ってくるものだ。名付け親なんて、僕には荷が重すぎる。愛着でも湧《わ》いてしまったらどうしてくれるんだ。そこは飼い主がつけてあげるべきだろう、少しは空気を読んでもらいたい。

「な、なんで僕なんだ。飼い主はあんただろ」

「だって、神社で最初に餌《えさ》あげてたの井荻じゃん」

いや、確かにそうだが……言葉に詰まっていると、エリナはにっこり笑って僕の顔を覗《のぞ》き込んでくる。溜息《ためいき》が出た。

「ええ、なんなんだよ……じゃあミケで」

「うわ、どんだけ適当なの……まぁいいか。ほら、聞いた？　あんたの名前はミケだってー」

笑うエリナに、にゃ、と素っ気ない鳴き声を返した後、ミケはミルクが入っていた皿からついと目を逸《そ》らした。そのまま、しっぽを揺らしながらのろのろと居間の中をうろつき始める。

新しい住処《すみか》に物珍しさを感じているのかもしれないし、もし元々飼い猫だったなら、懐かしさのような気持ちを覚えているのかもしれない。

……小さく息をついた。

今日は、これまでで一番エリナに振り回された気がする。だが、ミケのことについて僕が心配することはなにもなくなった。

僕が飼わずとも、これからこいつはこの家でミルクを飲み、飯を食べ、雨に打たれてずぶ濡れになることもなく、元気に暮らしていける。

思い残すことはできるだけ少ないほうがいい。そもそも、そんなものを作らないようにと、無味乾燥としか言えない人生をあえて選んできたのだ、僕は。

あと、なにがあったっけ。

思い残すこと。思い残してしまいそうな、要素。

目の前で呑気《のんき》に猫の頭を撫でるエリナの顔を、僕はいつの間にか、網膜《もうまく》に焼きついてしまうのではと不安になるほどじっと見つめてしまっていた。

第3章　十一月、引きずられる唇

僕の通う高校では、十月の最終週から十一月の頭にかけて、中間試験がある。

これまでが嘘のように、試験の一週間ほど前から、エリナからの干渉はぱったりと途絶えていた。

放課後、図書室へ向かう姿を何度か見かけた。きっと真面目に勉強しているのだろう。

二学期が始まって以降ずっと続いていたやり取りが唐突に途切れて、僕としては調子が狂ってしまう。

別に寂しいとは思わなかったが、拍子抜けはした。あんなにしつこかったのに、こうも簡単に離れていくのか、と。

……どうせなら、もっと早くいなくなってくれれば良かったのに。

なんとなくもやもやした気分が続いて、僕はそれを紛らわせるように、試験当日まで復習と対策に向き合い続けた。

試験期間が始まってからも、僕らが顔を合わせることは少なかった。

教室内では見かけるし、何人かの女子に交ざって談笑している様子も目にした。だが、放課後、いつもみたいに机の前に立ち塞《ふさ》がられたり、昇降口で待ちぶせされたり、そういうことは一切なかった。

そして、試験最終日の今日。

僕はいつも通り朝起きて、通学路を歩き、校門を通り抜けて、教室の自席に着いた。聞き慣れた高い声に引き留められることは、やはりなかった。

……これでいい。そう思うことにした。

「全員に渡ったな。では、始め」

教師の号令とともに、一斉にプリントをめくる音がした。

間を置かずに四方から聞こえてきた鉛筆の音も相まって、それは僕の緊張感をほど良く刺激する。この感覚も、試験そのものも、僕は決して嫌いではなかった。

頭の中に知識が正しく収められているかどうかを試されている感じがいい。鉛筆を走らせるときの、カリカリという無機質な音もいい。「好き」という気持ちはこういうことを指すのかもしれないなと思う。

僕には乗り越えようのない、他の人たちとの隔《へだ》たりを認識しやすくなるところも、試験期間の魅力だ。

試験が嫌だ、早く部活に戻りたい、進路どうしよう……周りから聞こえてくる声を完全に他人《ひと》事《ごと》として俯瞰《ふかん》しては、来年の三月以降を迎えられない自分のスタンスを明確に意識する。

最近は特にその意識が乱れがちだから、このタイミングで試験が始まってくれて、むしろ良かった。

自分は他の連中とは違う。そのことを、ふとした瞬間に忘れそうになる。忘れてしまっていることすらある。そんな自分を戒《いまし》めるために、試験前には教科書や参考書をめくってはペンを走らせ、試験期間中は黙々と問題と対峙《たいじ》する。

そんなことを繰り返しているうちに、試験最終日はあっという間に過ぎた。

「はぁ、やっと終わったねー」

「なんか今回しんどかった〜、今日くらいはゆっくりしたいよぉ」

教室内のあちらこちらで安堵の声をあげたり、解放感を喜んだりしているクラスメイトたちを横目に、僕は早々に通学鞄《かばん》に荷物を詰め込んでいく。

「井荻くんバイバイ」と声をかけてきたクラスメイトに、「うん、また明日」などと当たり障《さわ》りのない言葉を返して教室を後にした。

別に、他の誰かに話しかけられることを嫌っているわけではない。声をかけられれば失礼にならない程度にきちんと返す。

昇降口を出て、校門を通過する。外に出ると、グラウンドの方角から運動部のかけ声が聞こえてきた。試験が終わった今日からさっそく部活か、と彼らの体力と気力を少し尊敬しつつ、僕はひとりで帰路に就いた。

今日は、もしかしたら声をかけられるかもしれないと思っていた。でも、エリナは今日も僕の席の前には立たなかった。

エリナは壁に寄りかかりながら女子同士の談笑に興じていて、僕が教室を出るときに一瞬だけ目が合った。エリナはきっと、僕に向けて手を振ろうとしたのだと思う。腕が持ち上がったところが見えたが、僕はあからさまに彼女から視線を外して背を向けた。

……ひとりで帰るのって、こんなに静かだったっけ。

普段通りであるはずの街中まで静まり返っているように感じる。わずかにも口を開くことなく、自分の歩幅でスタスタと足早に歩ける——そのことが新鮮にすら思えた。

前は、エリナからの干渉が僕の調子を狂わせていると思っていたのに、今ではすっかり逆になってしまった。

これでいいのか。ぞわぞわと背を這《は》うような不安があって、僕はそれを断《た》ち切るために、エリナとのやり取りが途絶えた今こそ自分の感情を整理できる絶好の機会だと思い直した……それなのに。

なんだか、近頃の僕は、普通の人間になってしまったみたいだ。

もしかしたら、死ぬ日が分かるなんていう能力自体が、ただの僕の妄想なのかもしれない。気づくとそんなことばかり考えてしまっている。考えれば考えるほど、実際に死ぬときに辛くなるだけなのに。

十七歳の年の三月二十五日に死ぬということは、物心がついた頃からすでに知っていた。自分の誕生日を知った頃とほぼ同時期だったと思う。三歳か四歳、あるいはもっと早かったかもしれない。幼い頃の記憶は曖昧《あいまい》で、どれもこれも靄《もや》のように不明瞭《ふめいりょう》だ。

ただひとつ明確に覚えているのは、母親にその日のことを伝えたとき、『怖い夢を見たのね』と言われたことだ。

そうじゃない、と何度も訴えかけた気がする。けれど、まだ言葉を碌《ろく》に知らない子供だった僕には、伝えたいことの半分も伝えることはできなくて……その歯がゆさがはっきりと頭の奥に焼きついている。

小学校に進学してからも、家族に分かってもらいたいという気持ちはずっと残ってしまっていて、何度も伝えようとした。けれど、夜中に両親が『病院に連れて行ったほうがいいだろうか』と相談しているところをたまたま目撃した日に、今度こそ諦めた。

生まれた日と、死ぬ日。その両方を知っている人間なんて、世界のどこにもいない。おそらく、僕以外、誰も。

いや、いるのかもしれない。そんなことを言い出したら頭のおかしい奴だと思われるから黙っているだけという人だって、もしかしたらいるのかも。だが、僕は僕以外にそんな人を知らない。

エリナは、僕の馬鹿みたいな話をすんなりと信じていたようだった。

そんな変わった奴としばらく一緒に過ごしたせいで、僕は自分が普通ではないことを忘れかけてしまった。

僕はもうすぐ死ぬ。この世に思い残すことなどひとつもなく、いなくなりたい。だから、ひとりきりの今の状態こそが正しい。

このまま、元の僕に戻ってしまえばいいだけだ。

＊

十一月に入って二回目の金曜日。

テストの返却がひと通り終わったその日、僕は久しぶりにエリナに声をかけられ、一緒に下校することになった。机の前に仁王立《におうだ》ちされたときには、もはや懐かしさを覚えたくらいだ。ひとりで帰る期間が続いていた分、もしかしたらこのまま元の状態に戻るのではと期待していたところだったが、結局こうなってしまった。

「試験、やっと終わったね〜。井荻はどうだった？」

「……普通」

「私、今回はかなり真面目に頑張ったんだよね！　なんか全然声かけられなくなっちゃってたけど、寂しくなかった？」

「特には」

「んもう、冷たくない？　まぁいいけどさ」

相も変わらず、エリナは勝手に喋《しゃべ》り出す。僕は最低限の相槌《あいづち》を入れるだけだ。ただ、歩幅は彼女の狭いそれに合わせてやる。

二週間ほど前までほぼ毎日繰り返していた行動と感覚が、すぐに戻ってきた。同時に、「戻る」という言葉を選んでしまうくらいに、僕がエリナにつきまとわれている期間は長くなってきているのかと思う。

エリナがしばらく僕に構ってこなかったのは、彼女の気まぐれの期間が終わったのではなく、単にテスト勉強に勤《いそ》しんでいたかららしい。僕は少しだけ安堵して、その気持ちをすぐに振り払った。

校門を出て、交差点を渡り、神社の前を通過する。

先日までハロウィンのオーナメントで彩《いろど》られていた通りは、すっかり落ち着きを取り戻していた。中にはすでにクリスマスの装飾が施《ほどこ》されている店もある。

歩きながら、ふたりでぽつぽつと話をする。

内容は試験のことが中心だ。エリナが今までで一番テスト勉強に時間を割《さ》いたことなどを、やはり僕が尋ねもしないうちから、彼女はどんどん勝手に喋《しゃべ》り始めた。

試験が始まる数日前から、エリナは真面目に勉強に取り組んでいたらしい。意外といえば意外だったが、彼女もそろそろ真面目に進路のことを考えているのかもしれない。

そういえば、エリナは自分の行きたい場所やしたいことをよく話すわりに、進路の話題は出さないな、とふと思う。もしかしたら、大学進学よりも前にこの世からいなくなる僕に対する配慮なのかもしれない、とも。

成績は大して良くないが、多分、エリナは馬鹿ではない――一緒に過ごしているうちに、そんなふうに感じるようになった。

「ていうか、なによ『普通』って。いいなー、井荻は成績いいほうだもんね」

「別に」

嫌味っぽい言い方ではなかったから、とりあえず当たり障《さわ》りのない返事をしておく。

一方的に喋《しゃべ》り続けるエリナに最低限の返事をするようになって、だいぶ経った。僕がなにか返せば、エリナはそれを拾って倍にして返してくる。

よく喋《しゃべ》るその口がどこまで動くものなのか、試してみたくなってくる。もしかすると、これも「楽しい」という気持ちに当てはまるのではなどと、ついそんなことを思ってしまった。

「井荻の普通って私にとっては上出来も上出来、なんだけどなぁ。むう……」

言いながら口を尖《とが》らせたエリナの顔があまりにも悔しそうで、思わず口元が緩んでしまう。

彼女はすぐに、自分の顔を笑われているのだと勘づいたらしかった。

「なによ、人の顔見て笑わないでよ！」

声を荒らげたエリナが冗談混じりに握った拳《こぶし》が、少しだけ腕を掠《かす》めた。

……それだけだ。たったそれだけだったのに、僕は過剰《かじょう》に反応してしまった。

びくっと肩を震わせた僕に、微《かす》かに驚いたような視線が隣から向いてくる。ばつが悪くて、僕は顔を背《そむ》けたきり、彼女の側に向き直れなくなる。

「ねぇ井荻、顔赤くない？」

「赤くない」

「ならこっち向いてよ」

そんなやり取りまでが顔の熱を煽《あお》る。ますます熱くなってしまった頬《ほお》を見られるわけにはいかない。それしか考えられなくなって、僕は頑《かたく》なに顔を背《そむ》け続けた。

幸い、エリナは途中でその応酬《おうしゅう》を諦めた。もしかしたら気を遣ってくれたのかもしれないが。

「まぁいいや。で、さっきの続きなんだけど。私、数学の点数ヤバいの……ホント苦手」

苦手なものの話をしているわりに、エリナの口調は妙に楽しげだ。おおかた、僕の顔色が赤かったことを面白がっているのだろうと思う。

……それはともかくとして、数学か。以前宿題のノートを貸してやったときのことを思い出す。苦手なんだろうな、とはあのときからなんとなく察していた。

僕はむしろ、数字は得意だ。答えがはっきりしているからだ。同様に、物理や化学はそういう理由で好きだし、あとは日本史や世界史など、記憶力が物を言う科目も得意なほうに入る。

一方で、現国みたいな科目は苦手かもしれないと思う。自分の考えを記述するタイプの設問は、なおさら。

「ねぇ、もうちょっと話そ？　試験明けだし、もっと解放感味わいたい！　美味《おい》しいもの食べながら喋《しゃべ》りたい！」

「僕は帰りたい」

「付き合い悪すぎ！　でもどのみち付き合わせるけど」

「……あっそ……」

こうなると、断ろうとなにをしようとエリナは聞かない。抵抗するのも骨が折れるから、僕は彼女に引っ張られるようにしてついて行かざるを得なくなる。

向かった先は、駅前にある大手チェーンのカフェだった。

晴れた午後、テラスに設置された席にも何人かの客が腰かけている。窓から見えるおしゃれな店内も、平日のわりに賑《にぎ》わっていて、僕はつい二の足を踏んでしまう。

こういう店には滅多に入らない。基本的にインドア派の僕は、こういう場所に来ることで気が休まるとは到底思えないのだ。

店内に足を踏み入れてどんどん進んでいってしまうエリナを、僕は平静を装《よそお》いながら追う。

初めて来る店だから、なにを頼んだらいいのかもよく分からない。早口で注文を促《うなが》す店員に、とりあえずメニューの中で最も安いコーヒーを指差して頼んだ。ショートとかトールとかグランデとか、そういう種別も、口に出したら噛みそうだったから指を差して伝えるに留める。

隣で別の店員に注文をしているエリナの口ぶりはスムーズで、なんだか私生活の質の違いを見せつけられている気分になった。卑屈《ひくつ》になる気はないが。

「よく来るのか、ここ」

ほど良く混雑する店内を席を探しつつ進み、珍しくも僕から質問をした。

「ううん。こういうカフェって緊張するよね。メニューいっぱいあって迷っちゃうし、いろいろ細かすぎてよく分かんないときもあるし」

分かんない、と言うわりに、スムーズにかつきちんと好きなものを頼んでいたエリナの様子を思い返す。

なんだ、この違いは。コミュニケーション能力の差だろうか。無理をしている感が漂《ただよ》う僕とは大違いだ。

エリナが頼んだのは、「美味《おい》しいものを食べる」と本人が断言していた通り、ストロベリーナントカ……とかいうパフェみたいなドリンクだった。ストローがつけられてはいるが、シューやらクリームやらがゴテゴテと上に載っている。高そうだ。値段もカロリーも。

さくさくとシューを崩しては器用に口に運んでいくエリナの手元を見つめながら、僕はブラックのコーヒーをひと口啜《すす》った。

変な気分だ。制服のままで店に入るのは初めてだった。もちろん、クラスの誰かと一緒に来ることも。

甘い、と満足そうに口角を上げたエリナは、おもむろに自分の通学鞄《かばん》をゴソゴソと漁《あさ》り始めた。

そういえば、『もうちょっと話をしよう』と言っていた気がする。試験の話題だろうか。エリナは成績が決して芳《かんば》しいほうではないから、自分からその話題に踏み込んでくるなんて少し意外だが。

「私ね〜、英語は得意なんだよ。見て、ほら」

ぺらりと取り出されたプリントに、思わず目が釘づけになる。

八十七点……驚きだ。『成績は下から数えたほうが早い稲川さん』らしからぬ点数だ。

「ちょっと、今微妙に失礼なこと考えたでしょ」

「え……いや、別に」

「合計点数になるとダメダメなだけだからね、私。メリハリってやつ？」

知らねえよ、と思いつつ、やはり驚きは隠しきれない。

僕とほとんど変わらないじゃないか……いや、僕よりもいい。確か英語は八十二点だった。なんとなく悔しくなって、僕はエリナに問いかける。

「数学は？」

「えっ、見せろとおっしゃる？」

「いや、別にいい。気になっただけだ」

「あ、そう？　まぁひと桁ではなかったよ、とだけは伝えとくね！」

……この女の試験対策方法がよく分からない。メリハリにも限度というものがあるだろうと思う。

「英語はね、なんか……遠くに行きたいなって思ったときとか、役立ちそうだなーって」

「ふうん」

「でも結局は受験用の英語を勉強してるみたいになっちゃってる。なんかうまく喋《しゃべ》れないもん、聞き取るのも結構ギリギリだし」

「まぁあんた日本人だしな」

「アンタもでしょ、ていうか全然慰《なぐさ》めになってなーい！」

さくさくさく。内容の薄い会話に、シューを崩す音が重なる。

不思議だ。自分がすることとは生涯ないだろうと思っていたことを、今、僕はエリナと一緒にしている。カフェでこんなふうにコーヒーを飲みながらテストの話をして、得意科目の話を聞いて……なんだ、これ。

最初はなんとも思わなかったコーヒーの味が、だんだん美味《おい》しいと思えてくる程度には、僕は今という時間を楽しんでいるのだと思う。

他愛のない話を続けた後、コーヒーの味が消えないうちに、僕らは帰路に就いた。

エリナが「家まで送れ」とうるさいから、仕方なく遠回りして送ってやることにする。

エリナの自宅は駅前からそれなりに距離がある。日も傾いてきているし、送ってやって良かったのかもしれない。そんなことを考えていると、エリナがふと思いついたように口を開いた。

「ねぇ井荻、今度勉強教えてよ」

「え……？」

「そんな面倒そうな顔しなくてもいいじゃん。あの、特に数学……」

「ああ、点数ひと桁なんだったか。なんとかしないとな」

「違う‼　ギリふた桁だよ‼」

徐々に西日が弱くなり、暗くなってきている道をふたりで並んで歩きながら、なんだか今日は他愛もない話ばかりしているなと思う。

エリナと話しているときは大抵そうだ。中身のない会話を繰り返しては笑ったり怒ったり、彼女の反応は本当に忙《せわ》しなくて、でもそんな様子を眺めているのは別に嫌ではない。

むしろ、楽しいかもしれない。

誰かと話すということを、必要に迫られたとき以外しないようにして生きてきた僕には、どうしたってこんなやり取りは不要にしか思えない。なのに、やめたくないと思ってしまう。

徐々にエリナの足取りが重くなっていることには気づいていたが、彼女の家の前を通る道に入ってからは、ますます速度が遅くなる。

遅い歩調に合わせて歩き、エリナの自宅前に到着する頃には、辺りはすっかり真っ暗だった。

「着いたぞ」

「あ……うん」

さっきまではぎゃあぎゃあうるさいくらいだったのに、打って変わってエリナの反応は薄い。しかも珍しく僕から目を背《そむ》けている。

暗がりだというのに、彼女の顔は赤く見えた。

寒いからかな、と思ってその横顔を眺めていると、エリナがおもむろに口を開いた。

「……あのね、井荻」

「なに」

「私ね、本当は別に勉強なんて、どうでも……」

真剣な声だと思った。僕も真面目に聞かなければならない気がしてくるような、先ほどまでとは違う声。

だが、彼女の言葉はそこで中途半端に途切れた。

「……あら、おかえりなさい。お友達？」

不意に背後から声がかかり、僕のみならずエリナもはっと振り返る。

そこには、細身の女性がひとり佇《たたず》んでいた。

彼女の手には、まるまると膨らんだスーパーのビニール袋が下がっていて、それがガサガサと耳障《みみざわ》りな音を立てる。

買い物帰りらしきその人が、エリナの母親なのだろうと気づくまで、少し時間がかかった。顔はあまり似ておらず、ママ、と掠《かす》れたエリナの声がしたことで、半信半疑だったそれがようやく確信に変わった。

「ち、違う……っ」

ぎり、と歯ぎしりに似た音が隣から聞こえ、ぎょっとした。

喉《のど》から強引に絞《しぼ》り出したみたいなその声がエリナのものであり、その言葉が母親の「お友達？」という質問への答えなのだと、さらに一拍置いてから気づく。

いつの間にか僕の指に触れそうだった指を、エリナはきつく握り締めて拳《こぶし》にしている。そしてその拳《こぶし》をどうするわけでもなく、彼女は「じゃあ」と低く呟《つぶや》いた後、走って玄関に入っていってしまった。

その場に取り残された僕に、エリナの母親は申し訳なさそうにぺこりと頭を下げた。

衣梨奈、と呼びかけながら、彼女もまた、僕を振り返ることなく玄関に入っていく。後には今度こそ僕だけが残った。

今のは、なんだったんだろう。

エリナの母親。その存在について、僕は今の今まで深く考えたことがなかった。いることは分かっていたが、それだけだ。どんな人なのかとか、エリナとは仲が良いのかとか、そういうことを考えたことは一度もなかった。

僕の母親と比べると、随分《ずいぶん》若く見えた。自分よりも年上の女性に会った経験なんて母親と教師以外にはほとんどないから、年齢をひと目で判断できる目なんて持っていない。だが、まだ四十歳には差しかかっていないのではと思う。

仲が良さそうな親子には見えなかった。僕らの年代では、むしろ親と仲良くしている奴のほうが珍しいだろうとは思う。だが、エリナはよく母親のことを話していたからこそ、少し意外だった。

ビニール袋のガサガサ鳴る音が、耳の奥にこびりつくようにして居座る。

急に寒さが増した気がした。身震いしそうになり、反射的に手を口元に当てて息を吹きかける。

僕は、エリナのことをなにも知らない。進路も、家族のことも、なにも。

成績の詳細だって、「良くはない」という情報以外のものは今日初めて知ったのだ。

急に寒く感じてしまったのは、空気が冷えているからというだけでは、きっとない。

『違う』

――友達では、ない。

頭を鈍器《どんき》で殴られた気分だった。

確かに僕らは友達ではない。僕に友達なんて要らない。エリナが勝手に僕のテリトリーにズカズカ足を踏み込んできているだけで、僕らは、別に。

帰らなければと思う。だが、金縛りにでも遭《あ》ったみたいに身体が動かない。見たものすべてを記憶から切り離すかのように頭を横に振り、僕は固まる足を無理やり動かす。

そうして、疼《うず》きに似た重苦しさを引きずったまま、自宅を目指した。

帰りの道は、普段よりも早足で歩いた気がする。家に着いて、「ただいま」と独り言のように呟《つぶや》いて、手を洗って夕飯を食べて……夕飯の味は碌《ろく》に記憶に残らなかった。

早々に自室に戻り、安物のシングルベッドに身を投げながら、エリナの自宅前で見た光景を思い出す。

自分がどうしてこんなに動揺しているのか、的を射た答えをずっと見つけられずにいた。

エリナのことをなにも知らないこと。エリナにとっての自分がなんなのか、分からなくなったこと。多分、両方ともショックだった。それらをショックだと思うこと自体がショックだという気もして、気が滅入《めい》りそうになる。

僕は別に、エリナに「友達だ」と言ってほしかったわけではない。だったら、この煮えきらない感覚は、一体どう説明すれば片がつくのだろう。

目元に腕を乗せ、深呼吸なのか溜息《ためいき》なのかよく分からない息を深く吐き出した、そのときだった。

ガタガタと騒々《そうぞう》しい音を立てて、ローテーブルの上のスマートフォンが震え出す。帰宅が遅くなるときに自宅に電話すること以外には使ってこなかったそれが、ブルブルと数回の振動を繰り返し、そして止まった。

両親以外で僕の連絡先を知っているのは、いつの日だったか交換を強《し》いてきた、ひとりしかいない。自分でも驚くほど素早くベッドから下り、僕はすでに振動を止めた端末に手を伸ばした。

エリナからのメッセージだった。

ゆっくりと画面の文字を追っていく。そこには、さっきはごめんね、という手短な謝罪と、日曜に一緒に勉強しないか、というこれも手短な誘いが記されていた。

謝罪については、なにに対する謝罪なのか判断がつかなかった。いや、判断がつかなかったのではなく、勘違いしてしまうことが怖かったのかもしれない。

あれこれ悩んだ挙句《あげく》、「了解」とだけ短く返すに留めた。

謝罪に対する返事なのか、日曜の誘いに対する了承なのか、そこには触れなかった。エリナからはすぐに時間と場所の連絡が入る。業務連絡じみたやり取りをしているな、とぼんやり思った。日曜の午後二時から、私の家で。向こうからの提案をぼんやり眺め、断ったほうが良かったかなと思う。

どんな顔をして会えばいいのか分からない上に、場所が彼女の家だ。そんな大問題を、返事を済ませた今になってからあれこれと考えてしまう。

友達じゃないと思われていたって別にいいじゃないか、僕だって友達だなんて思っていないんだから。向こうが僕を巻き込んでいるだけだ。それだけのことなんだ。

……じゃあ、エリナって、僕のなんなんだろう。

そればかりを、僕は延々と考え続けていた。

＊

日曜、午後二時。

約束の時間の五分前、エリナの家の呼び鈴を鳴らす。

なにもこんな場面で五分前行動をしなくてもいいのでは、と思わなくもなかった。気合いが入りすぎているみたいで居《い》た堪《たま》れなくなってくる。その件でからかわれるかもしれないと思うと、なおさらナーバスになった。

呼び鈴を鳴らして数秒後、はーい、と聞き慣れた声が引き戸越しに聞こえた。

ガチャガチャと鍵を開ける音がする。引き戸を開けたエリナは、当然ながら私服姿だった。思っていたよりも派手ではなく、拍子抜けした。白いニットのセーターと、七分丈の紺のスキニージーンズ。至って普通だ。

もっとも、髪と顔は普段通りだった。巻かれた毛先と厚化粧顔を眺め、なんとなくほっとする。

「ちゃんと準備してたんだよ。褒《ほ》めてよね」

そこからかよ、と内心で呆《あき》れつつも、「えらいえらい」と雑に褒《ほ》めてやる。「適当すぎるでしょ」と口を尖《とが》らせてはいるが、エリナは楽しそうだ。

どんな顔をして会えばいいのかと丸一日悩んでいたことが、急にどうでも良くなってくる。

エリナはいつも通りだった。だから、僕も、いつも通りでいいんだ。きっと。

前に来たときには居間にしか入らなかったから、エリナの部屋に入るのは初めてだ。緊張してしまう。

室内は思ったよりも綺麗に片づいていた。意外だ。僕の部屋よりも明らかに物が多いのに、散らかっているようには見えない。こまめに掃除しているのだろう。

「あの、座ってて。私、ジュース持ってくるね」

僕自身もだが、エリナもそわそわしているように見える。「ええと、座布団……」としどろもどろに話す様子を眺め、もしかしたらエリナは誰かを部屋に招くことに慣れていないのかもしれないと思う。

だとしたら、嬉しい。そう思ってから、どうして嬉しいなんて思うのかと、僕は残された部屋の中でひとり首を傾《かし》げた。

お待たせ、と戻ってきたエリナの手にはお盆が一枚、その上にはオレンジジュースがふたつ。氷が、グラスの中でカランと小気味好《よ》い音を立てて揺れる。

僕の前とその向かい側にジュースを置いた後、エリナはあっと困ったような声をあげた。

「ごめん、あったかいもののほうが良かったよね。ていうか、なにがいいかちゃんと訊《き》けば良かった……」

ひとりで喋《しゃべ》りながら頭を抱える姿からも、やはりエリナも緊張している様子が窺える。

これでいい、と伝えてから、僕はストローを吸った。途端に、甘酸っぱいオレンジの味が口いっぱいに広がる。

この家に来るまでの道中の寒さなどすっかり忘れて、僕はそのまま、冷えたオレンジジュースを半分ほどまで一気に飲んでしまった。気恥ずかしさをごまかしたかったから、なのかもしれない。

さっそく、エリナが苦手だという数学から勉強を始めることにした。

ちゃぶ台みたいなローテーブルの上に、ふたり分のノートを広げる。

エリナがどんなふうにノートを取っているのか気になり、僕はつい彼女のノートを覗《のぞ》き込んで、あれ、と思った。記されている字が非常に綺麗だったのだ。僕の字よりも、遥《はる》かに。

「……なに？」

「いや。字、うまいなあんた」

「あ、ありがと。小学生の頃にお習字習ってたんだ」

……またひとつ、知らなかったことを知ってしまった。エリナのこと。

そうか、とだけ返した。それ以上のことを自分から尋ねてしまったら、僕はおそらく元の僕には戻れなくなるだろう。そんな気がしてならなかった。

これは危機感だ。エリナのことを知ることは――もっと知りたいと思ってしまうことは、僕にとっては危険以外の何物でもない。

そのとき、不意ににー、と聞き慣れた声がした。

はっと声の方向に向き直ると、そこにはエリナの背にすり寄るミケの姿があった。

「あーちょっと、この部屋は入ってきちゃダメだって！」

「にー」

「なに？　ミルク？　あげるあげる、台所行こ！」

会話が成立している。ひとりと一匹の息が合ったやり取りに、僕は思わず笑ってしまった。

「んもう、なに笑ってんの！　ねぇ寒いから一緒に来て」

「ええ……僕が行っても寒さは変わらないだろ」

「いいから！　道連れになって！」

なんともタチの悪い理由による頼みごとに、僕はしぶしぶ応じた。エリナに指示され、彼女が冷蔵庫を開閉する様子をじっと見つめ続けるミケを見張る。

聞いたところによると、ミケの性別はメスとのことだった。知らなかった。

エリナとふたり、台所の床にしゃがんでミケの食事を見守る。用意されたミルク皿に顔を埋《うず》めるミケを眺めながら、こいつは本当にふてぶてしい態度でミルクやら餌《えさ》やらを口にするんだなと改めて思った。

ミルクの入った皿は、すぐに綺麗に空《から》になってしまった。

すっからかんになった皿を手にしたエリナは、ふう、とひと息つき、シンクに向かいつつ口を開く。

「私ね、ママとふたり暮らしなの」

「……へぇ」

「父親はね、どっかの会社の社長さんなんだって。でもうちのママ、ビッグマウス気味だからあんまり信じてないけど」

唐突な切り出し方に思えたが、それよりも話の中身に気を取られた。

いきなり始まった身の上話は、思いのほかヘビーな内容だった。エリナの真意が見えず、僕の相槌《あいづち》は最小限のものになる。

皿を洗う水音が小さく響く中、エリナが突然こんなことを話し始めたことが、なんとなく気に懸《か》かる。

最初の頃は、空気の読めない女だとしか思わなかった。だが最近では、もしかしたらわざと読まずにいるのかもしれないと思うことが増えてきている。

かといって、どうしてそんなふうに思うのかまでは、僕には分からない。

エリナはなかなか続きを口にしない。沈黙が徐々に辛くなってきた僕は、耐えきれずにとうとう自分から問いかけることにした。

「親父さん、会ったことないのか」

「ないよ、一回も。顔は写真で見たことあるけど、あんまりピンと来なかった。似てるのか似てないのか、そういうのって自分じゃよく分かんないし」

エリナの口調は軽い。けれど、それと本心がどこまでリンクしているのかは分からない。

黙った僕の顔を、エリナはぐっと覗《のぞ》き込んできた。顔に息がかかるほど詰められた距離に、堪《たま》らず顔が強張《こわば》る。

嬉しそうなのにどこか寂しそうにも見えた。なにを言ったらいいのかますます分からなくなって、僕はただ困惑するしかなくなる。

いつもうるさいくらいに明るく振る舞っているエリナがときおり見せるこの顔が、僕は苦手だ。九月に、ジャングルジムの頂上で僕のタイムリミットの詳細を打ち明けた後にも、同じ顔をしていた。

どうしたら、エリナにそんな顔をさせずに済むんだろう……そんなことを考えている自分自身に対して、なんだか無性に腹が立った。

これまでに感じたことがない気持ち、わざと切り離してきたもの。そういうものを、エリナは僕に運びすぎなのだ。

もうすぐ死ぬ人間を相手に、どうしてそんなことをする。どうしてそんな顔を見せる。僕にはこんな気持ちは要らない。心残りになるようなことがあってはならない。死ぬことを受け入れたくなくなる。だから、感情なんて最初から不要だ。要らないんだ。

——どうして、こいつにはそれが分からない。

拒絶するようにして、僕はエリナから距離を取った。そんな僕に、エリナは表情を変えず声をかけてくる。

「ねえ、どう？　同情した？」

「……してない」

「してよ」

浮かれたみたいな声が唐突に低くなり、僕は息を呑んだ。

ついさっきまで笑っていたはずなのに、エリナの顔は瞬《またた》く間に険しくなっていく。悔しそうに唇を噛み締めるエリナの、血が一時的に通わなくなった唇は、見ているだけで息苦しくなってくるほどに青白い。

心臓が、軋《きし》むように痛んだ。

「なんなのよアンタ。いい加減、私に興味持ってよ。少しくらい執着してみせなよ」

同情しろと言われたのは生まれて初めてだったし、執着しろと言われたのも生まれて初めてだ。どう返したものか分からない。言葉を失った僕の頭に、困惑だけが置いてきぼりにされる。

「こないだ井荻のこと、『友達じゃない』ってママに言っちゃったとき、私ずっと気にしてた。後悔した。井荻に聞かれたくなかったなって」

「……」

「井荻は気にしてくれた？　それとも、私なんかやっぱり友達じゃない？」

……答えられなかった。僕だってずっと気にしていただなんて、そんな本音は口が裂けても言えない。

エリナはいつもそうだ。僕に、要らない初めてばかりを連れてくる。引っ掻き回して、引きずり出して、僕をまるごと壊そうとする。

そうやって壊した後のことを、なにか考えているんだろうか。行き当たりばったりなこいつのことだから、どうせなにも考えていないに決まっている。

「井荻は、どうせ死ぬから、友達も私も要らない？」

重ねられていく問いかけを前に、無性にむしゃくしゃした。その対象は、多分、「違う」ときちんと否定できない自分自身だ。

言い表しようのない苛立ちのせいで、身体中の肌がピリピリと薄く痛む。

……なんなんだ、これは。そう思っているうちに、身体がぐらりと傾いた。

脳味噌がくらりと揺れ、気づいたときには、押し倒された僕の上にエリナが馬乗りになっていた。

古めかしい剥《む》き出しの蛍光灯、そこから伸びた白い紐がゆらゆら揺れる。覆《おお》い被さるエリナの髪は、逆光のせいで普段より黒っぽく見えた。

唇に走ったほのかなぬくもりは、予想よりもあたたかくなかった。

目を見開いてしまう。僕は今、エリナを、今までにないくらい近くから眺めている。

首に触れてくるエリナの両手は震えていた。なぜかそのまま首を絞められてしまいそうな気がして、でも、別にそれでもいいやとも思ってしまう。

しかけられたキスは、お互いの歯がガツンとぶつかるみたいな、ヘッタクソなキスだった。

慣れていないのが丸分かりで、自分だってまったく慣れていないくせに、思わず笑ってしまいそうになる。

小刻みに震えるエリナは、僕に跨《また が》ったまま、とうとう泣き出してしまった。真上からぼたぼたと生温かい水滴が落ちてきて、僕の顔は見る間に濡れていく。

「……要らない。こういうのは……困る」

自分でも驚くほど弱々しい、掠《かす》れ声の返事になってしまった。

拒絶の言葉を口にしながらも、僕は自分の顔を拭《ぬぐ》わず、エリナの目尻を拭《ぬぐ》った。溶けたマスカラのせいで親指の先が黒ずんだけれど、それは気にならなかった。

嗚咽《おえつ》を堪《こら》えるエリナは、化粧が崩れることすら碌《ろく》に気に留められていない。あまりにもエリナらしくないと、思った。

「誰だっていつか死ぬだろ」

「つ、ぅ、く……」

「僕だけじゃない。いつかは皆、いなくなる。そりゃあ最初は僕だって、自分が死ぬ日なんか分かんないほうがよっぽどマシだって思ってたけど」

「……井荻」

「死ぬまでにしておきたいこととか、これだけはやっておかないととか……そんなことを思うのは、これからもずっと生きるつもりだからだろ。子供の頃から分かってると駄目なんだ、なにも要らなくなる。どうせ死ぬんだって思うと、なにもしたくなくなる。最初から最後まで抜け殻《がら》だ」

にゃあ。

ミケの声は今日も今日とて間抜けだ。思わぬ相槌《あいづち》に僕はうっかり笑いそうになったが、エリナはちっとも笑わなかった。

「……あんたは」

黒く濡れた自分の親指を眺めていたら、口が勝手に動いた。

「もう、僕には関わらないほうがいいよ。もうすぐ死ぬ奴と仲良くなったってあんたに得なんかなにもない」

「やだ。死んでほしくない」

てしまった。

「なんで」

「好きだから」

エリナの目尻に這《は》わせていた指がぴくりと跳ねて、そして僕は、ついにそれを動かせなくなってしまった。

興味があるから、じゃなかった。途方に暮れた。

それだけは、言われたくなかった。

真上にある泣き顔は、見たことがないくらいにひどい状態だ。ファンデーションもマスカラも溶けて流れて、目も当てられないほどぐちゃぐちゃになったエリナの顔を、それでも僕はこのとき、初めて可愛いと思った。

「なんで僕なんだよ」

「理由が要るの?」

要る気もする。要らない気もする。

分からない。僕には、なにも。

——だって、どうせ、僕は。

「……僕はあんたを、好きにはならない」

エリナを好きになって、生きていたくなってしまったら、辛いだけだ。

死にたくないと思ってしまうだけの材料なんて、要らない。

「じゃあなんで、そんな顔、するの……」

実際、僕はどんな顔をしているのか、エリナにはどんなふうに見えているのか、それは僕には分からない。

嗚咽《おえつ》混じりの鼻声が鼓膜《こまく》を打った瞬間、腕が勝手に動いた。細首に両腕を回して強引に引き寄せると、エリナは心許《こころもと》ない声をあげて僕の身体の上にくずおれた。

思ったより軽い気もしたし、重い気もした。エリナの身体は、そんな不思議な重さだった。

そんなことは死ぬまで知らなくて良かったはずなのに、なんだか嬉しくて、知れて良かったと心底思えてしまって、僕はただ、細っこい身体をきつく抱き締めるしかできなくなる。

もし今「重い」と呟《つぶや》いたら、エリナは怒るだろうか。それともやっぱり泣き続けるだけだろうか。

分からない。うまく想像できない。ただ、もう一度この人に触れたいと、そう強く思った。

……わざと強引にした。そうしたくなった。

二度目のキスは、化粧品の薬品っぽさとしょっぱさと苦さがごちゃごちゃに入り混じった、味わってはいけないものみたいな味がした。

第4章　十二月、一月、二月、恋人ごっことカウントダウン

十二月に入って以降は、雪が降らない日のほうが少なくなってきた。

上旬に一度、路面を覆《おお》い尽くすほどの積雪に見舞われてからは、ほぼ毎日雪が降り続けている。今では、校舎西方に申し訳程度に広がるグラウンドが、完全に雪捨て場になっていた。

……これが、僕の人生最後の冬になる。

不思議だ。病気をしているわけでもなんでもないのに、この冬が自分にとって人生最後のものになるのだと、僕だけがあらかじめ理解している。

それはきっと、他の誰もが知り得ないことだ。自分自身の最後の日を知っているということは、やはり普通ではないのだろうと、そんなことを思う日が増えた。

あまり感慨《かんがい》深くはない。冬という季節を特に好んで生きてきたわけではないし、むしろさっさと過ぎろとさえ思う。

毎朝、母親から玄関の前の除雪を頼まれているからかもしれない。はっきり言って、そんじょ

そこらの運動なんかよりよっぽどハードだ。寒いのに汗だくになって、一旦家の中に戻ってシャワーを浴びてから登校することだってある。忙しい朝に、僕は一体なにをやっているんだろうと思ってしまう。

「雪って綺麗だな」のひと言で済ませられる時期はとうに過ぎた。寒い、重い、危ない――積雪が多い地域の雪に対する認識は、この三点のほうが遥《はる》かに大きいと思う。

月の中旬には、期末試験があった。

試験に向け、エリナは集中的に、苦手な数学の勉強に取り組んだらしい。結果として、点数は五十点まで伸びたという。

五十点……僕なら不安しか覚えない点数でしかないが、限りなくひと桁に近かったという彼女の中間試験の結果を考えれば、大躍進《だいやくしん》といえるだろう。

一方の僕は、密かに英語に力を入れていた。良い点を取りすぎてしまわないようにすることは頻繁にあったが、単純に高得点の獲得を目指すために勉強するということは、一度もしたことがなかった。今回そうした理由は……なんとなく、エリナにまた負けたら悔しいと思ったから、というだけだ。

結果は、ふたりとも八十九点。同点だった。

『やっぱり井荻はすごいね～』

その件について、エリナはしきりに僕を褒《ほ》めた。嫌味ったらしさを毛ほども含まない称賛に、少々歪《ゆが》んだ動機で英語に注力した僕は、ばつの悪い気分を覚えてしまった。

エリナは馬鹿ではない。決して不真面目というわけでもない。それどころか逆だ。

例えば、ノートにペンを走らせているときの真剣な表情だったり、ものごとに対する考え方だったり。

よく見ていないと分からない、彼女の内側——稲川衣梨奈という人物の芯の部分を垣間見るたびに、その考えは確信に近づいていく。

今日は、二学期と終業式が行《おこな》われた。

昼前に下校するという普段とは異なる感覚を味わいつつ、いつものように僕はエリナと学校を出た。

二学期の前半は、僕らをあれこれ噂するクラスメイトがたくさんいたが、今では周囲の関心は僕らからだいぶ外れた。そんなものだ。見慣れてしまえば、さほど親しい間柄でもないクラスメイトのことなんてどうでも良くなる。

僕らの関係は、あの日、キスをしてからもほとんど変わっていない。

学校がある日は一緒に帰るし、変わったことといえば、エリナを自宅まで送る日が増えたことくらいだろうか。

エリナからのアプローチ方法にも、特に変化はない。放課後になると、僕の机の前にやって来たり、あるいは昇降口で落ち合ったり、だいたいそのいずれかだ。

あの日、自分から唇を寄せて二度目のキスをした直後、急速に頭が冷えた。とてもその場に留まっていられる気がしなくなり、僕は逃げるようにしてエリナの家を飛び出してしまった。女の子とキスをするなんて、僕にとっては大事件だった。次にどんな顔をして会えばいいのかと頭を抱えていたのに、翌日の朝エリナはいつも通り校門前で声をかけてきた。だから、僕もいつも通りに応じて、それがそのまま今日まで続いてしまっている。

踏み込んでいいのか悪いのか分からないから、今までと同じ。なにを変えたらいいのかも、変えたほうがいいのかどうかも、考えれば考えるほどに分からなくなっていく。

僕は、今もなお受け身だ。教室で自分からエリナに話しかけることはない。せいぜい、昇降口で彼女を待つくらいしかできない。

おそらく、僕は死ぬまでこうなんだろうと思う。

黙って死んでいく以外になにができる、と冷ややかに呟《つぶや》く自分。本当になにもせずに最後の日を迎えていいのか、と問いかけてくる自分。最近は、そのどちらが正しいのかすら簡単に見失ってしまいそうで、嫌になる。

「……あ、雪」

隣から不意にエリナの声が聞こえ、はっと我に返った。

続いて、白、あるいは汚れた茶色の雪で覆《おお》われた路面に、新しく降ってきた雪が載るさまが視界に映り込んでくる。

「寒いね。ホワイトクリスマスなんて正直しんどいだけだよ」

「……そうだな」

「ふふ、でも楽しみ。明後日だね！　ずっと行きたかった店なんだもん、あ〜試験頑張って良かった〜」

浮かれた声をあげるエリナの足元は、くるぶしまでしっかりとジャージが着込まれている。

十二月二十四日——明後日、エリナがずっと行きたがっていたレストランに、彼女を連れて行くことになっていた。「数学で五十点以上を取れたら食事を奢《おご》ってやる」と、試験前に約束していたのだ。

……エリナのためを思ってそうしたんだ、という言い訳がましい自分には、ほとほと嫌気が差す。

素直に誘えばいいだけだ。クリスマスイブの日、一緒に過ごそうと誘えばいいだけ。

それなのに、僕はこんなことに試験の結果まで利用して、なにをやっているんだろうと思ってしまう。

その癖に、エリナの進路について僕はなにも知らない。大学を目指しているのか、短大や専門学校を目指しているのか、それとも就職する予定なのか。そんな話さえしていなかった。

訊《き》いてどうするんだ、という気持ちは確かにあった。エリナが高校を卒業する頃、僕はすでに生きていない。多分、そうだと分かっているから、エリナも自身の進路の話を避けてくれている。

大概《たいがい》いつでもすぐ傍《そば》にいるのだから、知りたいなら本人に直接確認すればいい。それなのに、僕はエリナの思考を想像しては勝手に納得して、そればかりだ。

意気地《いくじ》なし、なのかもしれない。僕は。

喋《しゃべ》り続けるエリナの話を聞き流しながらそんなことを考えていると、エリナの左手が僕の右手にぶつかった。

はっとしてエリナのほうを向く。エリナも同じようにはっとして、互いにそれぞれの手を引いたのはほぼ同時だった。

「あ……ごめん」

「……いや」

独り言みたいに小さく謝罪したエリナに、僕も独り言みたいに小さく呟《つぶや》いて返す。

キスまでしているのに、馬鹿らしくなってくる。エリナに告白されてから、以前よりもギクシャクしてしまうことが増えた。だが、今以上の関係になることは避けなければならないと思う。

僕らは、こんな感じのままでいるべきなのだ。来年の三月二十五日まで、ずっと。

＊

今までは、冬休みのうちの単なる一日でしかなかった。クリスマスもクリスマスイブも、さらに言えば正月も。

だが、今年のクリスマスイブは違った。

「……そんな格好で寒くないのか。寒がりだろ、あんた」

「はァ!? そりゃあ寒いけど、今日みたいな日にオシャレしないでどうすんの、っていうか開口一番にそれ!?」

「ああはい、すみません」

「適当すぎ!!」

午前十一時、僕はエリナの自宅に彼女を迎えに来ていた。休日、昼前から顔を合わせるのは今日が初めてかもしれない。

襟《えり》ぐりが大きく開いた黒のニットと、ワインレッドの膝下丈スカート。

ふわりと揺れるスカートの裾《すそ》に思わず目を惹《ひ》かれる。大人っぽい雰囲気だ。

見た目に反して、エリナの私服は、いわゆるギャルっぽい雰囲気があまりない。髪はいつもと同じくくるくるに巻かれているし、メイクも言わずもがなだ……と思いきや、目元が普段よりもキラキラして見える気もする。

伝えたほうがエリナは喜ぶのだろうと思いながらも、確信がないから、結局声にはしなかった。

可愛い、なんて口が裂けても言えない。

そんな歯の浮くような台詞《せりふ》を、軽々しく口にしてしまいたくなかった。エリナだって、来年にはいなくなる男にそんなことを言われたら反応に困るだろう。

そんなふうに思っているわりに、今日はこうやって一緒に食事に出かけている。僕らの関係は、本当にちぐはぐだ。

試験で頑張ったエリナとの、約束だから。

心の中で繰り返すのは、やはりその大義名分だ。あまりにも言い訳じみていて、笑ってしまいそうになる。

行き先は、神社の近くの小道に入った先の、奥まった場所にあるレストランだ。民家を改築して造られた店構えは、知る人ぞ知る隠れ家レストランといった趣《おもむき》だ。

無論、事前にきちんと予約を取ってある。レストランの予約を取ることは人生初の経験で、電話の前には少し……いや、かなり緊張した。まさか余命三ヶ月あまりのこの時期になってからこんな経験を積むことになろうとは、思ってもみなかった。

果たして本当に高校生が訪れていい店なのか、追い返されてしまうのではないかと、店の前に到着してからも不安は抜けなかった。いくらエリナの希望とはいえ、高校生だけでこういう店を利用するなんて、背伸びしている感じしかしない。

だが、別に制服を着て来店しているわけではないし、多分僕がいろいろと気にしすぎているだけだ。

自分は案外心配性なのかもしれない。自分自身のことでも知らないことはたくさんあるんだなと、改めて思う。

緊張しながら店のドアを開くと、ウェイトレスが席まで丁寧に案内してくれた。

コートをお預かりしますね、とにこやかに声をかけられ、はい、と返事をするエリナもまた、どことなく緊張して見える。椅子に腰かけ、ふう、とひと息ついた後、ようやくエリナはいつものような笑みを覗《のぞ》かせた。

「ふふ。こういう雰囲気のお店って緊張しちゃうね」

「……そうだな」

「ねぇ、普通に喋《しゃべ》ってて大丈夫なのかな。うるさいなぁあの客、とか思われちゃわない？」

「ふたりでずっと黙り込んでるほうがよっぽど不自然だろ」

「あはは、それもそうだね」

エリナは声をあげて笑い出し、つられて僕も笑ってしまう。

喋《しゃべ》るエリナに短い相槌《あいづち》を挟むという普段通りの応酬《おうしゅう》を重ねているうち、先ほどのウェイトレスが水やら銀食器やらを持ってきてくれ、それからほどなくして料理が運ばれてきた。

サラダにスープ、それからメインの肉料理と焼き立てのパン。肉料理を出されたときには、どこそこ産の牛肉を使っていてソースはこういうソースで、とウェイトレスが丁寧に説明してくれた。

こういう外食は本当に久しぶりだ。もちろん、女性とふたりでとなると初めてだ。人生なにが起きるか分からない。

メインディッシュよりも、数種類の中から好きなものを三つ選べるデザートのほうに、エリナは目を輝かせていた。思わず苦笑してしまう。

デザートのワゴンが下げられた後、ほとんど入れ替わりに別のウェイターが食後の飲み物を持ってきてくれた。エリナの前に置かれたカップとソーサーを眺めて、僕はあれ、と小さく首を傾《かし》げる。

「珍しいな、コーヒーなんて」

「まあね」

「砂糖とミルクは？」

「ううん、今日はブラックでいい」

一緒に運ばれてきた角砂糖とミルク、それぞれのポットを指差してみるものの、エリナは首を横に振った。

ブラック、飲めるんだっけ。不意に疑問が過《よ》ぎったが、エリナはすました顔でカップを口に運ぶ。しかし、直前まで「いいにおーい」などとはしゃいでいたにもかかわらず、ひとくち口に含んだ途端に彼女は露骨《ろこつ》に顔をしかめた。

「んぐ……思ったより苦い……っ」

「砂糖入れれば？　なんの意地だよ」

「う、うるさい。だって井荻、美味《おい》しそうにブラック飲んでるじゃん。そんなに美味《おい》しいのかなって気になって」

返事をするより先に、眉根が寄った。エリナの前でブラックコーヒーを飲んだことなんてあっただろうか。

言われてみれば、中間試験の返却が終わった日、一緒に入った駅前のカフェで一番安いブレンドコーヒーを頼んだ気がする。あとは……特に記憶にはない。

美味《おい》しそうに飲んでいるだなんて、そうと分かるような腑《ふ》抜けた顔でも晒《さら》してしまっていたのだろうか、僕は。

急に気恥ずかしくなってくる。それをごまかすために、僕は角砂糖のポットに向かって、少々乱暴に手を伸ばした。

「べ、別に僕だって甘いものが飲みたいときは甘くする」

「まぁそうだよね……ってちょっとそんなに入れ、えっ？」

角砂糖をふたつ、続けてミルクをドバドバとカップに注ぐ僕の手元を、エリナは目を丸くして見つめ、それからふふ、と声をあげて笑い出した。

そのコーヒーは、ぐえ、と呻《うめ》き声が出るほどに甘かった。

僕がこれまでに飲んだコーヒーの中で、多分、一番甘ったるいコーヒーだった。

ゆったりとした食事の時間が過ぎ、帰路に就く。

道中、たまたま立ち寄った雑貨店に立ち寄り、ふたりで買い物をした。実際の理由は、エリナが僕に「食事のお礼になんか買ってあげるね」と言って聞かなかったためだ。

エリナが選んだのはピアスだった。彼女がいつも身につけている輪っか状のピアスよりも輪の部分が太く、また幾重にもそれが連なっている、はっきり言って僕には絶対に似合わないだろう代物だ……というか、そもそも僕は。

「いや、ピアスの穴あけてないんだけど」

「知ってるけど」

「あける気もないんだけど」

「それも知ってるけど」

にっこりと微笑むエリナをじろりと睨《にら》む。

相変わらずタチが悪い。僕は死ぬまでこれを身につけることがないと思うし、エリナはエリナで、そうと分かっていて遊んでいる。

レジに向かったエリナは、僕が隣にいるにもかかわらず、なんのためらいもなく「ラッピングお願いします」と口にした。あまりにも平然と頼むものだから、面食らってしまった。

数分待たされた後、「お待たせしました」と店員が持ってきてくれた包みを、エリナはその場で「はい」と僕に手渡した。

なんなんだ、本当に。店員が顔を押さえて笑いを堪《こら》えている……というか笑っている。僕もまた、店員とは理由が異なるものの、思わず片手で顔を覆《おお》った。

「ねぇ、私にもなんか買ってよ」

そう言い出したエリナは、僕の返事を聞くよりも早く、店の商品をあれこれと眺め始めた。

ランチを奢《おご》った僕の財布はかなり厳しい状態で、僕はエリナが商品を物色している間、少なくとも三回は「千円以内に抑えろ」と忠告した。

今日が、僕らが一緒に過ごせる最初で最後のクリスマスイブだ。そうと分かっていながら、僕は照れ隠し以外の何物でもない、空気の読めていない発言ばかり繰り返してしまう。

「井荻ー、私、指輪がいいなー」

エリナがふざけた口調で言うから、それなら、と冗談半分で僕が選んだのは、八百円プラス消費税の、いかにも安っぽいピンキーリングだった。小指用だというわりに、ダイヤまがいの石がゴテゴテと過度にあしらわれている、オモチャみたいな指輪だ。

僕も負けじとラッピングを頼んで、数分待って、店員が持ってきてくれた包みをそのままエリナに渡した。店員はもはや笑いを隠そうともしておらず、僕とエリナも釣られて笑ってしまった。

雑貨店を出て、日中だというのに電飾に照らされる商店街を、あてもなくぶらぶらと歩く。

そうこうしているうちに、日はだいぶ傾いていた。あっという間に日が暮れてしまうのは、楽しいから、なのかもしれない。

エリナを自宅の前まで送る。帰り道は長いようで短いようで、道中胸を締めつける感覚がどんどん膨らんでいく。エリナの家の前に到着したときに、その正体に気づいた。

僕は寂しいのだ。きっと。

その気持ちをごまかしつつ「じゃあ」と振りかけた僕の手を、しかしエリナはきゅっと掴《つか》んだ。驚いて振り返った先で、縋《すが》るように僕を見上げるエリナと目が合う。

「……なに」

「あ、ええと。その、指輪、嵌《は》めてほしいなって」

「え?」

問い返した自分の声は、自分でも露骨《ろこつ》だなと思うほどにうろたえて聞こえた。

ここでかよ、と忙《せわ》しなく左右に視線を泳がせる僕を、エリナはまっすぐに見つめ返してくる。まだ、互いの顔を隠すまでには日は落ちきっていない。中途半端な薄暗さの中で、僕はついに覚悟を決めた。

エリナの小さな左手を取り、その小指に指輪を嵌《は》める。

僕の手も、エリナの手も、妙に震えている気がした。仕種《しぐさ》のひとつひとつが異様に恭《うやうや》しくなってしまっているように思えてならない。

もっと冗談っぽくしたかったのに、これではまるで婚約指輪でも渡しているみたいだ。

それをしている間、僕はなにも言えなかった。口を開く余裕などこれっぽっちもなかった。

ただ、顔が熱い。今の顔色をエリナに見られていなければいいと思って、無理だろうなとも思う。

いっそ「顔真っ赤だよ」とか「なに震えてんの」とか、そういうふうにからかわれたほうが遥《はる》かに気楽だった。それなのに。

「……ありがとう」

指輪を嵌《は》めた手を、エリナはもう片方の手で大切そうに支えている。そんな彼女を、僕は言葉もなくじっと見つめた。

お礼の言葉は、いつもふざけてばかりいるエリナらしくない声で、本当に嬉しそうだった。いや、と呟《つぶや》いたきり、僕は黙り込んでしまう。

「じゃあ、また」

「……うん。バイバイ、今日はありがとう」

逃げるように背後を向く。

去り際、最後に目が合ったとき、エリナの目は赤く潤《うる》んでいた気がした。単なる気のせいかもしれないと思い、あえて本人には言わなかった。

エリナは、僕の姿が角に差しかかって見えなくなるまで、ずっと手を振ってくれていたのだと思う。道を曲がる際に微《かす》かに視界に入った私服姿のエリナは、距離が開いたからかとても小さく見えて、それがなぜか僕の胸をきりきりと締めつけた。

寒がりの癖に。手なんて振ってないで、早く家の中に入ってしまえばいいのに、どうして、あんたは。

……エリナを残して先に死ぬんだ、僕は。

ひとりぼっちの帰り道で、改めてそう思った。今度こそ、逃げ場のない状態で思い知らされた気分だった。

曲がり角を曲がったときからじくじくと続く胸の痛みは、いつまでも治まってくれなかった。

＊

冬休み中は、メッセージのやり取りが増えた。

ほとんど、エリナから送られてきたメッセージに僕が返事をしている。自分だって返事をするのが遅くなることなんていくらでもあるのに、エリナからなんの連絡もない期間が長くなると、どうしてなにも送ってこないんだ、なんて思ってしまう。

僕は身勝手だ。自分から連絡を入れる勇気もない癖に。

年が明けて、元旦――一月一日。とうとう新年が幕を開けてしまったなと思う。

タイムリミットが刻一刻と近づいているからか、それとも他に理由があるのか、僕は自分の死に対して前ほど無関心ではいられなくなった。

かといって、必要以上に感傷的な気分にもならなかった。もっとその日が近づいていくにつれ、心境はまた変わるのかもしれない。

人の心は変わりやすいものであり、僕のそれもきっと例外ではなかった。そのことを、前よりも冷静に受け止められるようになっている。

午前十時。「一緒に初詣に行こう」というエリナからのメッセージに了承を返し、ミケがいたあの神社を訪れた。

今日は現地で待ち合わせることにした。自宅まで迎えに行っても問題はなかったが、母親が在宅だということで、エリナが迎えを拒んだからだ。単に恥ずかしいだけかもしれないが、親に僕を見られるのがそんなに嫌なのかと思うと、少々複雑な気分にはなる。

普段は閑散《かんさん》としている境内《けいだい》だが、今日は人で溢《あふ》れ返っていた。

境内《けいだい》に入ろうとしたとき、僕は初めてこの神社の神主《かんぬし》らしき人物を目撃した。ちゃんといたのか……いや、いないはずがないと頭では分かっていたけれど。エリナはエリナで同じことで驚いていたから、僕だけが特段おかしなことを考えていたわけでもなさそうだ。

人混みを掻き分けて前へ進む。途中で何度かはぐれそうになりつつ、さして広くもない境内《けいだい》を、僕らはふたり、つかず離れずでなんとか歩く。

いっそ手を繋《つな》いでしまえばはぐれることはないと分かっているが、エリナも僕の手に指を伸ばしてはこないじゃないかと自分に言い聞かせて歩を進めて……僕はいつもそうだ。最後にはエリナのせいにする。

今日の誘いも、エリナから声をかけられなければここには来なかった。でももしそうだったら、どうして誘ってくれないんだろうと、きっと思った。

まるで我侭《わがまま》な子供だ、僕は。

ときおり人とぶつかりながらも、なんとか本殿まで辿《たど》り着いた。並んで、せーの、と声を揃《そろ》えて賽銭《さいせん》を投げる。参拝の順番を待っているときから握り締めていた五円玉は、生ぬるくなっていた。

隣で手を合わせるエリナは、真剣そうに目を閉じている。何秒くらい手を合わせていたらいいんだろう、とそんなことばかり考えてはエリナの横顔をちらちらと覗《のぞ》き見ている自分が、不謹慎な人間に思えてしまう。

エリナがお参りを終わらせた後、僕たちは人混みへと戻った。

「ねえ、井荻はなんてお願いしたの？」

「……別に」

「なによ、それくらい教えてくれたっていいじゃない。私はねー……」

尋ねてもいないのに、やはりエリナは普段通りで、自分から勝手に喋《しゃべ》り始めた。質問の答えを曖昧《あいまい》にごまかしていた口元が、つい緩んでしまう。

「今と同じ毎日がずーっと続きますようにって、お願いした」

「ふうん」

「ちょっと、反応薄すぎ！」

エリナがぎゃあぎゃあと騒ぐ中、僕は彼女とはぐれないように必死だった。

もう少し早めの時間に約束すれば良かったのかもしれない。日付が変わる時間帯に参拝する人のほうが多いのだろうが、元々人混みを避けがちな僕としては、今の時間でも眩暈《めまい》がしてくるほど辛い。

それにしても、エリナは意外と普通の願いごとをするんだな、と思う。

『今と同じ毎日がずーっと続きますようにって』

……続かないって、知ってる癖に。

歪《ゆが》んだ感想を抱いてしまいそうになる自分を、躍起《やっき》になって抑え込む。

エリナは、僕を苦しめたり追い詰めたりするためにそんなことを言っているのではないのだと、頭では嫌というほど分かっている。それなのに、身勝手な僕は棘々《とげとげ》しい考えしか抱けない。

「あ、おみくじだ。井荻は引く？」

「……いや、僕はいい」

「そっか。じゃあ私もいいや、凶とか出たら嫌だし」

僕が引くと言ったら引いたのかもしれない。分からない。エリナは気まぐれで、僕はその気まぐれにこそ巻き込まれるたびにうんざりしていたはずで、でも今日は思ったよりもうんざりはしなかった。

エリナのことを好きにはならないと、僕は本人に真っ向から伝えた。だというのに、曖昧《あいまい》な行動ばかり取っている。今日だって、これではまるでデートみたいだ。クリスマスのときもそうだった。

例えば友達同士だったなら、この外出は許されるだろうか。

……友達。その言い回しも微妙に引っかかる。

僕は、本当にエリナを友達だと思っているだろうか。なにかが違う気がしてしまう。

僕にこんな能力がなければ、エリナを友達だと――あるいは恋人だと、自信を持って言えたのだろうか。

全部、冗談だったらいいのに。自分の能力を含めたすべてが。

だいたい、「自分の死ぬ日が分かる」ってなんなんだ。あり得ない。他の誰も、そんなことを分かっている人間なんていなさそうなのに、どうして僕だけがこんな目に遭《あ》わなければならないんだろう。

――ああ、僕は、こんな気持ちになりたくなかったんだ。

普通の人たちが羨《うらや》ましくなってしまったら惨《みじ》めだから、他人との関わりを避けてきた。

でも、もう思ってしまった。

エリナのせいだ。エリナさえ僕にちょっかいを出してこなかったら、誰とも関わりを持たずにいられたなら、こんなことには——だが。

思っていたより惨《みじ》めではない気もする。それも、きっと、エリナのせいだ。

隣にエリナがいるから、僕は要らなかったものを押しつけられて、そのせいで負うはずだった苦痛を軽減されている。

やっぱり、僕たちの関係は、どこまでもアンバランスだ。

*

短い冬休みはあっという間に終わり、三学期が始まった。

三年生の教室が並ぶ棟が、全体的にピリピリとした緊張感に包まれている。二学期の比ではない。

二年生の多くが、来年は自分たちの番だと背筋が冷える思いをしていそうなものだが、僕はその気分を味わうことなく今年三月にこの世を去る。

三学期は短い。中間試験がない分、進路相談があったり親を交えた三者面談があったりと、二年生はそれなりに緊張を強《し》いられる。

今まで、僕は進学先を「未定」で切り抜けてきた。しかし、今回以降はそういうわけにもいかなそうだ。取り急ぎ第一志望に地元の公立大学、第二志望に同じく地元の私立大学をピックアップし、面談用の事前調査票に書いて提出した。

一月末の三者面談には母が来た。

担任も母も、僕の進路について互いに深くは入り込まなかった。母は「息子のやりたいように」と、また担任は「今の成績をキープできるように」と、それぞれそう何度か繰り返して、僕は「はい」と返事をして……終始そんな感じだった。

エリナの三者面談がどうだったのか、詳細は聞いていない。二月に入って少し経った頃から、彼女は体調を崩して学校を休んでいたからだ。

見舞いに行こうか迷ったが、彼女の母親が自宅にいるかもしれないと思うとためらわれた。僕らの曖昧《あいまい》な関係を、エリナが自分の母親にどんなふうに伝えているのかもよく分からない。自分から連絡を入れることもできなくて、そんな自分にまた辟易《へきえき》した。

顔を合わせることも連絡を取り合うこともなく、エリナはたっぷり一週間ほど休んだ後、再び学校に現れた。

「いたいた、おはよー井荻ー!」

先日まで病に臥《ふ》せっていた人間だとは思えないほど、エリナは普段通りだった。校門の近くで後ろから声をかけられ、うろたえている自分のほうが不自然に思えてしまう。

「……もう大丈夫なのか」

「え？　ああ、風邪のこと？　治ったよ〜、昨日はもう様子見って感じだったんだ」

「……ふうん」

「なになに、心配してくれたの？　んん？」

いつも通りだ。茶化すようなエリナの態度を前に、余計なことなど言わなければ良かったと思ってしまうところまでがいつも通りで、溜息《ためいき》を零《こぼ》しそうになる。

例えば、見舞いに行けなくて悪かったとか、連絡ひとつできなくてごめんとか、そういうことを伝えたほうがいいのではないかと思った。でも、次の瞬間にはどうして僕が謝らなければならないのかと思う。

結局、僕は口を閉ざして……最近ではそんな自分の態度に苛立ちを覚えてしまう始末だ。

エリナに振り回されている。仕方なく、向こうに合わせてやっている。僕はそういうポーズを取っていたいのだ。

自分からエリナと一緒にいたいとか、エリナに話しかけたいとか、そういうことを思ってはいけないと、もはや意地になっている。だからこそ、エリナに対してアクションを取ろうとする自分にイライラするのだと思う。

「あのね井荻、昼休み、ちょっと時間もらえる？」

「昼？」

「うん。渡したいもの、あるんだ」

「なに？」

「うふふ、内緒」

思わせぶりな最後のひと言には、もうなにも返さなかった。

少し歩幅を広げる。苛立ちを吹っきりたくて取ったその行動は、しかし逆効果にしかならなかった。

イライラする。エリナにこんな態度を取っている自分に。

そのままの気分で午前の授業を終えた。やり過ごした、という感じだった。

無理に手を動かして板書を取っていたから、普段より筆圧が強くなってしまい、僕はなにをやっているんだろうとまた辟易《へきえき》する。どの授業中も、終始そんな感じだった。

そうこうしているうちに、昼休みを告げるチャイムが鳴った。

エリナは昼休みに時間がほしいと言っていたが、なんの用だろう。気にはなるが、自分から尋ねに行くことはできず、僕はいつものように席で弁当を広げた。

食べ終える頃を見計らっていたのだろう、弁当箱と箸を片づけている途中、エリナが僕の席へ歩み寄ってきた。

「井荻、ちょっといい？　朝、伝えといたでしょ」

「いいけど……ここじゃ駄目なのか？　屋上、多分かなり寒いぞ」

「駄目。お願い」

エリナの表情は真剣だ。気圧《けお》されそうになる。

僕は多少寒くても別に構わない。むしろ、困るのは寒がりのあんただろ……そう思ったが、彼女の真剣な顔を見る限り、よほど大事な話があるのかもしれないと思い直す。

「ほら、早く！」

「わ、分かったから引っ張るな」

腕をぐいぐいと引っ張るエリナに引きずられるようにして、結局、僕らはそのまま教室を後にした。

久しぶりに訪れた屋上は、この季節には珍しい晴れやかな天候のせいか、想像していたよりも寒くなかった。

「わあ、今日は天気いいね！　最近ずーっと雪ばっかりだったから気持ちいいー」

喋《しゃべ》りながら大きく伸びをするエリナは、なんだか上機嫌だ。

高く上げられた彼女の手には、見慣れない手提げ袋が下がっている。背伸びのときにその袋を少し庇《かば》うような仕種《しぐさ》を見せたから、もしかしたら、屋上への呼び出しの理由はそれなのかもしれない。

普段の堂々とした態度とは異なり、今日のエリナは妙にそわそわしている。きょろきょろと落ち着きなく周囲に視線を配り、誰もいないことを何度も確認した彼女は、小さな手提げからなにかを取り出した。

「はい。これ」

差し出されたそれをきょとんと見つめる。

焦《こ》げ茶色の立方体の箱に、薄茶色のリボンが巻かれている。どうやらプレゼントらしい。

「……なんだこれ」

「当日は日曜日だし、今日渡そうと思って昨日頑張ったの。ていうかやっぱり分かってなかったかぁ。次の日曜ってなんの日か気づいてる？」

「は？」

呆《あき》れたような口調がカンに障《さわ》った。

なにかあったっけ、二月の中旬なんかに……そうか、バレンタインか。僕がこれまでの人生においてて完全にスルーしてきたイベントだ。

「ありがとう。開けるぞ」

「えっ、今⁉」

「駄目なのか？　ならなんでわざわざこんなところに呼び出したんだ」

「そ、それは……渡すときに人目があったらちょっとなって思って……」

うろたえるエリナを横目に、結ばれたリボンを解いていく。

エリナが自ら施《ほどこ》したのだろうリボンのみのラッピングは、思った以上に簡単に解けた。万が一にも落としてしまわないよう、僕はしゃがみ込んで箱の蓋《ふた》を開ける。

エリナは立ったまま両手で目元を隠しているが、指の隙間から確実に僕を、というか僕の手元の箱を見下ろしている。見るなら見ろよ、と内心でツッコミを入れつつ箱の中身に視線を移した。

「……へぇ」

中に入っていたのは、手作りらしきクッキーだった。

透明な袋がふたつ。それぞれの中にチョコ味っぽい濃い茶色をしたものが数枚と、それよりも淡い色をしたものが数枚、ちょこんと収められている。

思わず声が零《こぼ》れたのは、こいつお菓子作りなんてできたのか、という純粋な感動によるものだ。

「家で開けてよ……なんで今開けるの、恥ずかしすぎる……」

「食べてもいいか？」

「それも今なの……？　別にいいけど……」

エリナの顔は真っ赤で、なんだか妙に新鮮だ。

ガサガサと薄い内袋を開け、色が濃いほうをひとつ摘《つま》んで齧《かじ》った。濃い色のほうがチョコ味かココア味で、薄いほうがプレーンかな、などと呑気《のんき》な思考を巡らせていた僕だったが、直後にぴしりと固まった。

――硬い。

どういうことだ。クッキーというか、これは。

「……石……？」

「うるさーい！　そこまで硬くなーい！　……って思ったんだけどヤバい？」

「いや、大丈夫だ……しかし噛みごたえがあるな」

「せんべいに対するコメントみたいなんだけど……」

苦い顔をしたエリナが、箱の中に手を伸ばしてくる。

少し迷った後にプレーンのクッキーを手に取って口に運んだ彼女もまた、ぴしりと固まった。

その顔が徐々にしかめられていくさまを見守る。

「……嘘。味見したときより硬くなってる」

「ああ、そういうものなのか」

「ごめん、これはなかったことにしよう。今開けてもらって良かったよ、来年はもう少しうまく作……」

言いながら、エリナの顔が露骨《ろこつ》に引きつった。あ、と小さく零《こぼ》した後、彼女の顔はどんどん青くなっていく。急にどうしたのかと思って、だが間を置かずにその理由に気づいた。

来年のバレンタインには、僕はすでにこの世にいない——そのことに思い至ったのだろう。

不思議だ。当事者である僕よりも、エリナのほうがずっと傷ついたような顔をするなんて。なんだか申し訳なくなってきて、そうしたら、つい口が滑った。

「ちょうど次の日曜が当日なんだよな」

「……え？」

「一緒に作らないか？　十四日」

目を見開いたきりで固まるエリナから、そっと目を逸《そ》らす。

普段ならそんなことを自分から切り出すなんて絶対にしないはずなのに、エリナがあまりにも辛そうな顔をするから、堪《こら》えきれなかった。

「……うん」

小さな声で了承したエリナの顔は、もう見ていられなかった。

＊

迎えた二月十四日、バレンタイン当日の日曜日。僕らはエリナの家で、一緒にお菓子作りをすることになった。

今日は一層寒く、一日中雪が降るらしい。いつもより服を着込んで家を出た。

『クッキーの材料はいくつか残ってるよ。バターがちょっと足りないかなぁ、それから……』

電話でそう聞いていた。他に必要なものを聞き出し、近くのスーパーで買ってからエリナの家に向かった。もう歩き慣れた道を、スーパーのビニール袋を片手に進んでいく。

エリナの家に着いてインターホンを押すと、すぐに引き戸が開かれ、中からエリナがひょっこりと顔を出した。

「お邪魔します」

「はーい。あっ、ありがとー材料！　うわ待って、これって高いバターじゃない⁉」

「それはうちにあったやつを持ってきた。バターって意外と高いんだな、さっき店で見てびっくりした」

「分かる！　しかもケーキ用とか食塩不使用とか、種類がいっぱいあって困るよね〜」

「いや困りはしないけど」

「はァ⁉　困るじゃん、どれ選べばいいか分かんないじゃん‼」

玄関から居間に移動するまでの間、購入してきた材料の話をする。

日頃からお菓子作りを趣味にしている、という感じでは到底なさそうだ。あのクッキーからなんとなく察してはいたが、なぜか安心してしまった。

「お母さんは？」

「仕事。土日は大概《たいがい》いないんだ、高校生になってからはずっとかな」

「……そうか。大変だな」

「ママが？　私が？」

「どっちも」

スーパーの袋を床に置く。ガサガサという袋の音が、いつかエリナを自宅前まで送ったときに偶然会ったエリナの母親を思い出させた。

うちの母親よりも若く見えた、エリナの姉だと言われても信じられるのではと思えるほどの、綺麗な女の人。

「にー、にぃー」

中途半端な考えごとは、不意に聞こえてきたミケの鳴き声によって掻き消された。

よう、と声をかけたがミケからの反応はない。なんなんだ。どうせ飯かミルクをもらいたいだけなんだろうと思ったら、笑えてきた。

エリナが用意したミルクをぺろりと平らげたミケは、居間に向かって姿を消した。「多分こたつに入ってる」と、エリナは慣れた対応だ。ミケはすっかり稲川家の猫になったんだな、と感慨《かんがい》に耽《ふけ》った。

持参したエプロンを身に着ける。エリナも自分のエプロンを装着し、ふたりで念入りに手を洗って準備を整えた。

ダイニングテーブルは、前に見たときはほとんど物置状態になっていたが、今日はすっきりと整頓されている。今日のお菓子作りのために片づけたのだろう、麺棒《めんぼう》でゆうゆうと生地《きじ》を伸ばせるくらいのスペースが確保されていた。

電子レンジでバターを軽く溶かし、ボウルに入れる。はかりで計量しておいた小麦粉と砂糖をふるいにかけ、溶けかけのバターの上に降らせていく。

粉雪みたいだ。ここに来るまでの道中も似たような雪に降られたな、と思い出しながら、今度は泡立て器を使ってボウルの中身を混ぜ合わせていく。

今日はプレーンのクッキーだけを焼こうという話になっていた。「余計な粉を入れたから硬くなっちゃったのかも」とボヤいていたから、エリナなりに前回の反省点は押さえているらしい。

レシピが載った本を睨《にら》みつけつつ泡立て器を回し、ボウルから取り出した生地《きじ》を丸めて伸ばしていく。麺棒《めんぼう》を手に取るエリナの表情は真剣そのもので、僕は笑ってしまいそうになる。

「ようし、うまくいってる気がする！　次は型抜きだね！」

「型は？」

「これ。こないだはね、チョコとプレーンをこう、市松模様みたいにしようと思ったんだけど、初心者がやっていいことじゃなかったっぽい……」

「ああ、それで二種類あったのか、味」

「うん。型抜きでぽんぽん抜いてくのが一番いいんだよ、はい、井荻はハート型」

「……もっと他のないのか」

「大きいハートと小さいハートがあるよ」

「ハート以外の型はないのかっていう話をしてるんだ」

使い捨ての調理用手袋と型抜きを手渡してくるエリナは、いつにも増して楽しそうに見える。どうしてだろうと考えて、間を置かず、もしかしたら僕がいつもよりもよく喋《しゃべ》るからかもしれないと思い至った。

他人の目を一切気にする必要がない今の状況は、普段よりも僕を饒舌《じょうぜつ》にしている。その自覚は僕にもちゃんとあった。

もし第三者がこの場にいたとしたら、エプロン姿でぎゃあぎゃあ言い合いをする僕らは、その人の目にはどんなふうに映るだろう。

仲良く見られても、嫌な気はしない。ただ、以前とはまったく種類が異なる靄《もや》が、胸の奥にどんよりと落ちる。

僕のタイムリミットは迫ってきているのに、エリナと過ごすこの日々を手放すのが惜しくなってきている。また、もう間もなく死ぬ僕とのこういうやり取りは、エリナにとって、苦痛以外の何物でもないのではと思ってしまう。

ちょうど、そんなことを考えているときだった。

型抜きをしているエリナの手がふと止まる。訝《いぶか》しく思って彼女の顔に目を向け、そのまま僕は息を呑んだ。

エリナの目尻から零《こぼ》れた大粒の涙が、頰《ほお》を伝い落ちていく。

おそらくクッキーの生地《きじ》を汚さないようにだろう、エリナは慌てて型から手を離し、ダイニングテーブルに背を向けて両手で目元を覆《おお》った。

「……ど、どうした?」

思った以上に上擦《うわず》った声が出てしまった。突然すぎる気がしたからだ。

薄い使い捨て手袋を無理やり剝《は》ぎ取って、僕はエリナの震える背に手を添える。

ダイニングチェアに腰かけさせてからも、エリナの背はずっと小刻みに震えていた。どこか具合が悪いのかもしれない。先日までの風邪がぶり返したのかも、と背筋が強張《こわば》る。

なにを訊《き》いても、エリナからの返事はなかった。緩く首を横に振るばかりで、彼女はなにも喋《しゃべ》らない。

僕のせいだろうか、と不意に思う。僕と一緒にいることは、やはりエリナにとっては苦しいだけなのかもしれない。

やがて少し落ち着いたのか、エリナがゆっくり口を開いた。

「……ごめんね。なんでもないの」

「つ、でも」

「本当に大丈夫、具合が悪いとかじゃないから。なんか最近、涙もろくて……昔、ママと一緒にお菓子作りしたときのこと、思い出しちゃった」

三月二十五日のことで頭が覆《おお》い尽くされかけていた僕には、エリナの言葉のどこまでが本音なのか、すぐには判断をつけられなかった。

そうか、と曖昧《あいまい》な返事をする。エリナの背よりも自分の声のほうがよほど震えている気がしてならなくて、それをごまかすかのように、ただ黙って彼女の華奢《きゃしゃ》な背を撫で続ける。

落ち着いてほしいと思って取っている行動で、自分のほうこそ落ち着きを取り戻していっっている感覚があった。その間、エリナは何度も何度も「ごめんね」と僕に謝った。その声があまりにも小さかったから、どうしたらエリナを元気づけてあげられるだろうと、僕の頭はどうしたってそれだけでいっぱいになってしまう。

普段僕に明るい顔しか見せないエリナは、いつも僕からは見えないところで、こんなふうに涙を流しているのだろうか。

僕が知らない、エリナの顔。エリナの涙。

エリナはきっと、わざと、僕にそれを見せないでいたのだ。

「ホワイトデー、なんかほしいもの、あるか?」

柄《がら》にもないことを切り出してしまった自覚はあった。

だとしても、今の僕には気の利いた言葉なんてとても考えつかなくて、思いつくままに口を動かし続ける。

「……え?」

「クリスマスのときに千円以内にしてもらっただろ。あれ、気になってた」

「……ふふ。ムードなかったもんね、アンタ」

「悪かったな。だからホワイトデーにはもうちょっと頑張るって言ってるだろ」

力なく、だが確かに笑ったエリナの顔を見て、このまま泣きやんでくれるかもしれないと思った。

僕はほっとして、調子に乗って答えを急かそうとして……だが。

「ううん、要らない。なにも」

はっきりと言いきる口調だった。

固まってしまった。その答えは想定していなかったから、次になにを言えばいいのか、途端に分からなくなる。

そうか、と独り言のように呟《つぶや》いた僕の声は掠《かす》れきっていて、自分でも聞き取りにくかった。

そうだよな、と呆然と思う。死ぬ直前の人間に物をもらったって、エリナは困るだけだ。苦しめてしまうだけだ。

そんなことにも頭が回らないなんて……自己嫌悪に陥《おちい》りかけたとき、触れたままになっていたエリナの背が微《かす》かに動いた。

「ねえ、井荻」

「……ん？」

「私が助けてあげようかって言ったら、どうする？」

――あの時の言葉が、頭の中を駆け抜けていく。

『私が助けてあげようかって言ったら、どうする？』

あれは二学期の中間試験の前、僕の秘密をエリナに打ち明けて少し経った頃……そう、あのときも同じことを問われた。

僕はなんと答えたのだったか。イライラして仕方がなかったことだけは覚えている。

そうだ。僕は、あのとき。

『どうもしない』

『あり得ない話なんかしたって仕方ないだろ』

あのときの僕は腹を立てていて、八つ当たりみたいに棘《とげ》のある口調で、それらの言葉をエリナに投げつけて……でも、今は。

今は、なにも返せない。なにを返してもエリナの涙は止められない。そんなこの人を置き去りにして、僕は来月、ついにいなくなる。

この人になにひとつ残せず――いや、失うという苦しみだけを残して、僕は。

椅子に腰かけたエリナを抱き寄せる。エリナも、僕の背にそっと腕を回してきた。

片や立ったまま、片や座ったまま。不安定な姿勢で抱き合う僕たちは、それでも互いから手を離せない。

不意に、エリナの髪からバニラエッセンスの甘い匂いがした。

……声をあげて、泣きたい気分になった。

＊

僕の死は、きっと、エリナを深く傷つけ苦しめる。

今ではそれが僕の心に沈む澱《おり》になっていた。

どうしたら、エリナが傷つくことを避けられるだろう。

エリナとお菓子作りをした日以降、僕はそればかりを考え続けた。いや、あの日よりも前から
そうしていた気もしてくる。

……それが、どれほど傲慢《ごうまん》で身勝手な考えだったのか。

なぜエリナが、あそこまで背を震わせて大粒の涙を落としていたのか。

翌月、僕はそれを心底思い知ることになる。

第5章　三月三日、沈黙する廊下

結局、二月十四日は、エリナが落ち着くまで待ってからお菓子作りを再開した。

作ったクッキーのうち、半分はエリナと一緒に焼きたてを食べ、残りの半分は強引に持ち帰らされた。

焼きあがったクッキーの香ばしい匂いと、次いで、声をあげてはしゃいでいたエリナの顔を思い出す。その頃には彼女の涙はすっかり引いていて、そのことが逆に気に懸《か》かった。

涙の理由について、エリナは母親とお菓子作りをしたことを思い出したのだと言っていた。それが本音だったのかそうではなかったのか、僕には掴《つか》めずじまいだ。

それからも、僕らは普段と変わらずに過ごした。元々はひとりで過ごしていた僕が、エリナと過ごしている時間のほうを「普段」と言い表してしまうほど、すでにエリナは僕の心の中にしっかりと居場所を作っている。

教室で、僕は以前よりもエリナに視線を向けるようになった。

クッキーを作った日の泣き顔が頭から離れなくて、心配で……いや、もしかしたら僕は、エリナがクラスメイトと喋《しゃべ》っている屈託《くったく》のない顔を見て安心したいだけなのかもしれない。

エリナは誰とでも気さくに接する。男子でも、女子でも、誰とでも。

思えば、一学期からそうだった。当時はエリナの名前と顔が一致していなかったが、教室の中に、いわゆるギャルみたいな奴がいるなとは思っていた。あんな外見をしているのだから、怖がられたり敬遠されたりしてもおかしくないだろう、とも。

だからこそ、夏休み明けに絡まれ始めたとき、この上なく憂鬱《ゆううつ》な気分に陥《おちい》った。

そんな相手と、今では放課後に一緒に下校している。家の前まで送っていくことだってある。

自宅に帰ってからは、メッセージを送り合ったり電話をしたり、そんなことまで。

ふとしたときに、自分がもうすぐ死ぬのだと、その日は刻一刻と迫っているのだと、強く意識しては打ちのめされそうになる。

惨《みじ》めな気分にはならない。だが、もっと危険な願望を持ってしまいそうになる。

死にたくない。生きていたい。

そう願ってしまうことだけは、絶対に避けたかった。それなのに。

時間の経過は、僕を——僕らを、待ってはくれない。

＊

三月三日、水曜。

まだ雪がちらつくこともあるし、寒いには寒い。だが、冬の終わりを感じられる程度には、あたたかな日差しが覗《のぞ》く日も増えてきた。路肩《ろかた》に積もっていた雪は徐々に解け始め、季節は確かに春に向かっているのだと実感させられる。

今日から三日間は、卒業式の準備に向け、一年生と二年生だけ午前のみの授業となっていた。

ただし、それは補習がない生徒だけ。期末試験の結果が芳《かんば》しくなかった何人かの生徒は、午後から一時間半程度の補習に出席しなければならない。

帰りの支度《したく》をしているときに、ふと席の前に影が差した。見上げると、そこにはエリナが立っていた。いつもなら帰り支度《じたく》を万全に整えて僕の席の前に現れる彼女だが、今日はばつが悪そうな様子で、机の上と僕の顔を交互に見比べている。

「そっか、もう帰るんだ。井荻が補習組なわけないもんね」

独り言じみたその言い方が、なんだか心細そうに聞こえた。

確かに、補習なんて好んで受けるものではないだろう。……だが。

「……終わる頃、来てやろうか」

普段よりエリナの顔色が悪く見えたからかもしれない。ついそんなことを口走ってしまった。

学校内では特に、エリナに対して僕が自分からアクションを起こすことは、ほとんどなかった。

言ってしまってから居心地が悪くなり、僕は正面のエリナからそっと目を逸《そ》らす。

エリナはエリナで、そんなことを言われるとは思っていなかったのか、すぐには返事をしない。少し間を置いてから、彼女は我に返ったように「うん」と頷《うなず》いた。

具合でも悪いのかと訊《き》こうとしたが、一瞬ためらったその隙に、エリナは僕に背を向けて自席に戻ってしまった。

その足取りが頼りなく見え、僕はなかなかその背から目を離せなかった。


補習は二時頃に終わるとのことだから、僕は一度、自宅に戻ることにした。ひとりでの帰り道は、妙に静かで落ち着かなくて、自然と早足になった。

昼食を取ってから自室に戻ったものの、もやもやした気分は一向に晴れなかった。

エリナのことが気になる。もし体調が悪いのなら、補習なんて受けている場合ではないのではと思う。心配だ。

そんな気分のところに、あの日の彼女の泣き顔が脳裏《のうり》に蘇《よみがえ》り、背筋がぞくりとした。

結局、午後一時を少々過ぎた頃、まだ補習は終わっていないと分かっていながら、僕は再び学校に向かうことにした。

昇降口を通り、まっすぐ図書室に向かう。教室の並びから離れた図書室には、喧騒《けんそう》はよほどの大きさでない限り届かない。補習が終わったときに気づきにくいだろうかとも思ったが、なんとなく、静かな場所にいたかった。屋上でも良かったけれど、あそこでは落ち着かない気がした。図書室には、ノートや参考書を広げて勉強している生徒が数名と、図書委員と思《おぼ》しき生徒が二名、受付に立っているだけだ。

……静かだ。無駄に頭が冴《さ》えて、そうしたらまた、エリナの顔色のことを思い出した。

「……はぁ」

思わず溜息《ためいき》が零《こぼ》れてしまい、慌てて口元を押さえた。

大丈夫かな、と思う。次の瞬間には、僕なんかにそんなことを心配されても困るだけだよなとも思う。

そろそろ、僕はエリナの傍《そば》を離れたほうがいいのかもしれない。

タイムリミットがここまで迫った今、僕らが一緒に過ごすことは、僕が死んだ後も生き続けていくエリナにとって、苦痛以外の何物でもない気がする。

顔色の悪いエリナを見て、傍《そば》にいてあげたいと思う、それ自体が僕の自己満足ではないのか。そんなふうに自分を戒《いまし》めようとしては、けれどエリナが寂しそうだからと、僕はこの期《ご》に及んでまだ言い訳を繰り返してしまう。

静かな空間に身を置いているからか、余計なことにまで頭が回る。

三月二十五日、僕はどういう死に方をするのだろう。交通事故だろうか。それとも病気だろうか。

身体の不調は今のところ感じないが、今から体調を崩して一気に悪化するという可能性もきっとゼロではない。

……怖い、気がする。

死ぬという事実を知っていながら、肝心の死ぬ理由が分からないということを、初めて不安に思った。どうせならそこまで判明していればいいのに。

そんなことを考えつつ、ふと壁の時計に視線を向けた。間もなく午後二時だ。

頭を満たしていた不穏な思考を掻き消すように首を回し、僕は図書室を出た。補習が終わったのだろう、教室棟に近づいていくにつれてガヤガヤとした声が大きくなっていく。

教室に辿《たど》り着くと、引き戸が開いていた。ひょいと首だけ突っ込んで教室内を見渡したが、すでに中には人が残っていなかった。

自席にぼんやりと腰をかけるエリナを除いて、ただのひとりも。

「……どうした？」

引き戸の外側に立ったまま、思わず声をかけた。

教師が照明を消したのだろう、教室の中は薄暗かった。僕は室内に入り、心持ち急いで電気を点《つ》ける。

そうでもしないと、エリナの姿が霞《かす》んでしまう気がした。

そのくらい、今日のエリナからは普段の明るさが感じられない。儚《はかな》ささえ漂《ただよ》わせながら、エリナははっとした素振《そぶ》りを見せ、ようやく僕に気づいた。

「あ……ごめん。考えごと、してた」

心ここにあらず、といった口ぶりだった。

強引に動かしたらしい彼女の口から零《こぼ》れる言葉は、聞いているこちらが心許《こころもと》なくなってくるほどにしどろもどろだ。顔色は、昼前に見たときよりもさらに悪くなって見えた。

「大丈夫か」

「え？」

「顔、真っ青だぞ。具合でも悪いのか」

「あ……ううん、大丈夫。行こ」

無理やり作ったような笑顔を見せ、エリナは席から立ち上がった。

空元気《から》にしか見えない。でも、単に僕の気のせいだったとしたら。あるいは、体調が優れない理由を言いたくないだけなのかもしれない。誰だって他人に明かしたくないことのひとつやふたつあるだろうし……でも。

教室を出て引き戸を閉める。ぎしぎしと軋《きし》む廊下を進むエリナの隣に、そっと並んだ、そのときだった。

「……あ……っ」

エリナが唐突に足を止めた。もう誰が見ても明白なほど、彼女の顔は真っ青だ。

どうした、と声をかけると同時に、エリナの通学鞄《かばん》の中でスマートフォンが振動している音が微《かす》かに聞こえた。

鞄《かばん》に手を突っ込み、端末を取り出したエリナが、わずかに眉をひそめたように見えた。振動がやまないところを考えると、どうやら電話がかかってきているらしい。

「……ごめん、こんなところで。出るね」

「あ、ああ」

振動音が妙に大きく聞こえる。

エリナの顔が強張《こわば》っている。胸を這《は》うような不安が、ぞろぞろ、ぞろぞろとその大きさを増していくように思えてならなかった。

電話に応じるエリナの声が、どこか遠い。目が離せなかった。なにか良くないことが起きる気がして、どうしてかエリナもそれを察しているのではないかという気もして、すっかり固まってしまった僕は瞬《まばた》きひとつできなくなる。

通話の途中で、エリナが大きく目を見開いた。

無言のままだが、明らかに様子がおかしい。おい、と呼びかけても反応がなく、途中からは電話に耳を傾けている感じでもなくなった。

端末を握るエリナの手が、力なく落ちる。僕は堪《たま》らず、彼女の手元から端末を奪い取った。

呆然とした様子で、エリナが僕を見上げてくる。だがその表情には、勝手に端末を取り上げた僕に対する怒りも、返してほしそうな素振《そぶ》りも、一切見受けられなかった。

「もしもし」

『……え？』

「あ……すみません。電話の持ち主が、話をよく聞けていないようでしたので」

通話相手は、声を聞く限りでは女性らしい。一瞬戸惑ったようだったものの、僕の声を聞いて事情を察したのか相手は、はい、と小さく返事をした。

『ええと、衣梨奈さんの……お友達？』

「はい。稲川がどうかしたんですか」

稲川、という呼び方をするのは久しぶりだった。実際に「エリナ」と呼んだこともないけれど。

自分の声がまるで別人のものみたいに聞こえる。エリナにとって、なにか良くないことが起きているという直感だけがあった。

『ええと、娘さん……衣梨奈さん、大丈夫ですか？　落ち着いて聞いてねとは最初にお伝えしたんですけど、あの……』

「用件を伝えてもらえますか」

歯切れの悪い喋《しゃべ》り方に、だんだんイライラしてくる。

落ち着いて聞け、と前置きをする理由はなんだろう。ただごとではないと、明確に意識させられる。

嫌な予感がする。ぞろぞろと胸を這《は》っていた不安は、今やすっかり肥大化《ひだいか》してしまっていた。

隣のエリナは固まったきりだ。僕は冷静さを取り戻したくて、深く息を吸い込んで……しかし。

『稲川さん……ええと、私は、衣梨奈さんのお母さんの職場の者です。あの、稲川さん、さっき職場で倒れて』

深く吸い込んだ息を吐き出すことを、忘れてしまいそうになった。

稲川さん。衣梨奈さんのお母さん。職場で、倒れて……それで？

頭が真っ白になる。

「……え……？」

『救急車で病院まで付き添ったんですけど、あの、私、稲川さんの同僚のマルイと言います……うう、さっき到着して、でも着いたときには、もう……』

マルイと名乗った電話越しの女性も、言葉がしどろもどろになっていて、かなり取り乱している様子が伝わってくる。いや、それよりも。

……「もう」、なに？

「……どこですか」

『え？』

「どこの病院ですか⁉」

声を荒らげても仕方がないと頭では分かっているのに、行動が伴《ともな》わない。

マルイさんは一瞬息を呑んだが、彼女はすぐに市内にある県立総合病院の名前を口にした。

「分かりました。今から、連れて行きます」

ここで通話相手に苛立ったところでなんの意味もないのに、イライラして仕方がなかった。どうしてエリナの母親が、よりによってこんな時期に。そればかりで頭が埋め尽くされる。

通話が終わった後のツー、ツー、という音をぼんやりと聞く。端末を耳から外し、通話終了のキーをタップして、そのときにエリナと目が合った。

エリナは泣いていなかった。ただ、ぼうっとして見えた。

僕だけがイライラしたり、ぞわぞわと這《は》うような不安に胸を覆《おお》われたり、馬鹿みたいだ。落ち着かない内心を抱えたまま、僕はエリナの手を掴《つか》んだ。

「県立総合病院」

「あ……うん」

「行くぞ。歩けるか」

握ったエリナの手は冷たい。

まるで氷だ。だが、震えてはいなかった。僕の手だけが異様に震えていて、馬鹿みたいだなとまた思う。

同時に、突然こんなことがあったにもかかわらず、どうして彼女はあまり取り乱していないように見えるのだろう、と微《かす》かに違和感を覚えた。

しかしそれよりも、眼前に突きつけられた衝撃と動揺を咀嚼《そしゃく》することで、僕は精一杯だった。

県立総合病院は、やや郊外に位置する、県内でも指折りの規模を持つ大型の医療施設だ。歩いて行くには遠すぎるから、駅まで向かってそこからバスに乗ることにした。

平日の午後、バスが来る頻度は二十分に一本程度らしく、バス停で数分待つことになった。駅のバスターミナルは広く、まず県立総合病院行きの路線を地図で探す時点で骨が折れた。

待ち時間の間も、エリナはずっとぼうっとしていた。なにか声をかけたほうがいいのではと思ったけれど、こんなときになにを話せばいいのか分からない。

なにを言ってもエリナの気に障《さわ》ってしまうのでは……あるいは放心状態に等しいエリナの耳にはなにも届かないのでは。そう思えば、ただでさえ黙りがちな僕の口はますます重くなる。

やがてバスが来て、ふたりでそれに乗り込む。エリナの足取りは、想像していたよりも重くなかった。ただ、本人はやはりぼんやりとして見えた。

思ったよりも乗客は少なかった。夕方に近くなったこんな時間から、それもバスを使って大きな病院に向かおうとする人は少ないのかもしれない。

せいぜい二十分程度の乗車時間が、嘘のように長かった。その間、僕は結局エリナになにひとつ声をかけることができなかったし、エリナもなにも喋《しゃべ》らなかった。

「県立総合病院前」というバス停で下車し、中央の出入り口へ向かいながら、エリナをどこに連れて行けばいいかを考える。

頭がうまく回らない。こういうとき、どうすればいいのかよく分からなくて、だが今のエリナにあれこれ考えさせるのはあまりに酷《こく》なことに思えた。僕がなんとかするしかない。

混乱する頭を無理に動かしているうち、ようやく、マルイさんに連絡を取ればいいのだと思い至った。学校を出るときに話して以来、初めて僕はエリナに声をかける。

「電話、かけられるか」

「……え？」

「さっきの人の番号が残ってるだろ。場所、訊《き》かないと」

ああ、とエリナは気が抜けたような声を出し、通学鞄《かばん》の中を漁《あさ》り出した。

画面を操作するエリナの指は思ったよりもスムーズで、微《かす》かな違和感を覚えた。ここに来るまでの間にも何度か抱いた気がする。エリナの態度に対する、注意していなければすぐに見失ってしまいそうな、小さな小さな違和感。

「……霊安室だって。正面の入り口から入って、廊下を右に、ずっとまっすぐ」

淡々と口を動かすエリナの声に、ぞわりと背筋が粟立《あわだ》った。

霊安室。病室ではなく、すでにそこにいるということが、なにを意味しているのか。

そういうことなのだと、マルイさんとの話の流れで察していたにもかかわらず、あまりの衝撃に足が固まってしまう。

「行こ。なんだか付き合わせちゃってごめん」

声の最後が震えて聞こえた。今までぼんやりと、あるいは淡々として見えたエリナの言動に、初めてヒビが入った感じがした。

僕がこれだけ衝撃を受けているのに、エリナがショックを受けていないわけがない。今頃になってようやくそこに思い至る。

離れていたエリナの手を、心持ち強引に掴《つか》んだ。びくっと肩を震わせたエリナは、それでも僕を見ず、顔を逸《そ》らしたままこくりと頷《うなず》いただけだった。それきり、僕らは黙って正面入り口に向かってまた歩き出す。

握ったエリナの手は、怖くなってくるほど冷たかった。


霊安室の前のソファには、真っ白な顔をした女性がひとり、ぽつんと座っていた。

この人が「マルイさん」なのだろう。彼女は僕らの姿を見るや否《いな》や、座っていた飾り気のないソファから腰を浮かせた。

あ、と声をあげた彼女に会釈《えしゃく》をして、なにか話したほうがいいだろうかと迷っている間に、エリナは無言で僕の手を離した。そのまま、エリナは霊安室の引き戸に手をかける。

「っ、おい……」

思わず制するような声が出たが、すぐに言葉に詰まった。「勝手に行くな」などとエリナを止める権利など、僕にはきっとない。

すでに中に入っているエリナが縋《すが》るような視線を向けてくる。エリナにつられる形で、僕もまた、霊安室の中に進んだ。

部外者である自分が入ってもいいものか、一瞬迷った。だが、エリナの視線を受け止めてしまった以上、もう迷う気にはなれなかった。

「……ママ」

しんとした部屋の中、エリナの独り言のような呼びかけが反響して聞こえた。

顔に白い布を被せられた人が、ベッドに横たわっている。その人の頭の傍《そば》には、燭台《しょくだい》に立てられたろうそくが一本。

エリナがベッドに歩み寄る動きに合わせ、炎が控えめに揺れる。

ゆらゆら、ゆらゆら。薄く煙が立ち上っては消え、それが妙に目に焼きついて残る。

母親がいつか見ていた昼のドラマの中で、こんなシーンを見かけた気がする。そんな的外れなことでも考えていないと、まっすぐ立っていられそうになかった。

まるで、現実ではない別の世界に迷い込んでしまったみたいだ。足は固まったきりで動かない。

ただ、まっすぐに立っていなければならないと思う。

座り込んでしまえば、もう二度と立ち上がれなくなる気がしていた。

「ママ」

もう一度、エリナがベッドの上の人物に声をかけたとき、背後から足音がした。

エリナが弾かれたように振り返り、それと同時に引き戸が開いて、ひとりの看護師が室内に入ってくる。マルイさんが呼んだのかもしれないと、ぼんやりとした意識の中で思った。

看護師は、エリナの隣まで来てから口を開いた。

「ええと、娘さんですか」

「あ……はい」

「こちらの方は？」

「友達です」

看護師の淡々とした口調に、僕は無性に苛立った。

……なんだよ、その事務的な喋《しゃべ》り方は。もうちょっと言い方ってもんがあるだろ。

用件のみを伝え合うエリナと看護師のやり取りを眺めながら、思わず憤《いきどお》ってしまう。

エリナは母親とふたり暮らしで、まだ高校生なんだ。身寄りがなくて、これからどうやって暮らしていくのかだって分からない状態なのに。だいたい、母親を急に失った人間に対してかける言葉、もっとあるだろうが。

怒る資格など、僕にはきっとこれっぽっちもない。だというのに苛立ちは収まらなかった。収まるどころか膨らんでいく一方で、イライライライラ、多分、僕は今までで一番大きな苛立ちを抱えてしまっている。これまで生きてきた十七年間で、一番。

看護師にだけではない。僕は今、この状況でなにもできずにいる自分に、そして看護師にもエリナの父親にも、さらには突然帰らぬ人となってしまったエリナの母親に対してまで、激しい苛立ちを覚えてしまっている。

そんな不安定な思いを抱えているせいで、気を抜けばその瞬間に足元が覚束《おぼつか》なくなりそうで、ただただ怖かった。まっすぐ立っていられなくなったら終わりだ、そんな気がしてしまう。

目の前がチカチカして、くらりと視界が揺らぎかけて、ああ、まずいなと思う。

看護師とエリナがなにか喋《しゃべ》っている。すぐ近くにいるはずのふたりの声は、なぜか僕の耳には届かない。

ベッドの上に横たわるその人物の顔にかかる白い布に、エリナの指がそっと触れる。細い指が、布の端を摘《つま》んで、めくりあげて――その途中で、僕はエリナの手元から顔へ、視線を強引に移した。

震える息を吐き出したエリナの顔は、彼女の隣から一歩下がっている僕にはほとんど見えない。

そんな彼女の、冷えきった手を想像する。寒がりで冷え性のエリナの、冷たい冷たい、指先を。

手を伸ばしそうになったと同時に、僕には今のエリナをあたためてあげることなんてできないのではないかとためらった。結局、僕の指は中途半端に空《くう》を切った……そのときだった。

バタバタと忙《せわ》しない足音が廊下から聞こえてきた。明らかに走っていると思われるその音を聞いた看護師が、露骨《ろこつ》に顔をしかめる。

直後に、引き戸が派手な音を立てて開いた。

息を乱して部屋の入り口に佇《たたず》んでいるのは、スーツ姿の男性だった。

僕らの担任よりも少し年上だろうか。僕の父親よりは若く見えるなと思って、エリナの母親も僕の母親より若く見えたことを思い出した。

一度だけ顔を合わせたことがある、エリナの母親。買い物帰りのビニール袋。別に今思い出さなくてもいいことばかり思い出しては、徐々に思考がズレていく。

男性の背後、部屋の外で、マルイさんがおろおろと右往左往している様子が見えた。

「……衣梨奈……？」

呆然とした様子でエリナの名を呼ぶ男性の声は、掠《かす》れきっていた。

「どちらさまでしょうか」

間を置かずに神経質そうな看護師の声が続く。

部外者の僕まで肝《きも》が冷えるような、冷たい声だった。男性ははっとした様子で看護師を一瞥《いちべつ》し、だがその視線はすぐにエリナに移る。

それから、彼の視線は顔に布を被せたベッドの上の人物へと移り、またエリナに移ってと、何度か繰り返しているみたいだった。

看護師が焦《じ》れた様子で再び口を開きかけたとき、それまで黙っていたエリナが、静かに口を開いた。

「……私の父だと思います。多分」

エリナのものではないみたいな声だった。いつも朗《ほが》らかなエリナからは懸《か》け離れた、どこまでも淡々とした、温度のない声。

『顔は写真で見たことあるけど、あんまりピンと来なかった』

いつかのエリナの声が、唐突に脳裏《のうり》を巡った。

そうだ。エリナは知っているのだ、自分の父親の顔を。

一度も会ったことがないという父親の顔をエリナは写真で見ていて、それがスーツの男性と一致しているのだと、彼女はそう言っている。

看護師がためらいがちになにかを尋ねようとした矢先、スーツの男性は床に膝をついて、あろうことか目元を押さえて泣き出した。

低い嗚咽《おえつ》が、冷えた霊安室の空気に溶けては消える。

僕らから見れば十分におじさんと呼べる大人の男性が、人目を憚《はばか》らずに声をあげて泣く姿を、僕は過去に見たことがなかった。うちの父親でさえ、そんな格好を僕に晒《さら》したことは一度もなかったはずだ。

嗚咽《おえつ》以外の声がなくなった室内で、ろうそくの炎だけが静かに揺れている。僕も、看護師も、きっとエリナの父親も、おそらく室内にいる誰もが戸惑っていた。

そんな中で、エリナの淡々とした声が、室内に漂《ただよ》う空気をそっと裂いた。

「少し、父と話してもいいでしょうか」

エリナの声は、やはり平坦だった。冷たくもあたたかくもない声。

看護師はわずかに躊躇《ちゅうちょ》した。小さく息をついた後、「医師を呼んできますので、その間に」と手短に告げ、彼女は霊安室を出ていく。

カラカラと引き戸が開き、閉まる。やがて室内には、泣き続ける男性とエリナと、そして僕が残った。

「井荻。ここまで連れてきてくれてありがとう、今日はもう大丈夫だから」

「……あ……」

「また連絡する。ホントにありがとね」

スーツの男性ははっとした様子で僕を見たが、喋《しゃべ》るエリナは僕を見てはいなかった。

エリナが最後に口にした感謝の言葉が「バイバイ」と同義であることに――もっと言うなら「ここから出ていってほしい」という意味を孕《はら》んでいるということに、僕は一拍置いてから思い至る。

今、この空間で最も場違いな人物は、スーツの男性ではなく僕だ。

「……ああ」

了承以外、なにも返せそうになかった。

なにを言えばいいのか分からない。それに、なにを言っても今のエリナには届かない気がしてならなかった。そもそも、届ける必要がない気も。

霊安室の引き戸は、自然に閉まるタイプのものではなかった。取っ手に手をかけて横に引きながら、重いな、と思う。この部屋に来たときは、そんなこと、ちっとも思わなかったのに。

霊安室の外には、もうマルイさんの姿はなかった。

ソファに心許《こころもと》なさそうに腰かける、エリナの母親とそう年齢の変わらなそうな女性の顔。その詳細は、もう思い出せそうになかった。


来たときと同じ廊下を歩きながら、やっぱり長いな、とぼんやり思う。きっと、霊安室という部屋は、この病院の中で最も端にある部屋なのだろう。

正面の出入り口はかろうじてまだ開いていたが、外はもう真っ暗だった。スマートフォンで時間を確認する。午後六時の手前だった。

決して長くはないバス停までの道を歩きつつ、こんな時間に、果たしてバスはどれくらい出ているだろうかと思う。もしかしたら、すでに一時間に一本程度になっているかもしれない。

ものすごく遅い時間ではないのに、そうだと頭では分かっているのに、あまりにも辺りが暗く見えてしまって足が竦《すく》みそうになる。

普段滅多に来ない場所だからという理由もあるのだろうが、孤独感を覚えた。来るときにはそんなものを感じている余裕が一切なかった分、今になってそれは大きく口を開き、僕をまるごと呑み込もうと牙《きば》を剥《む》く。

滅入《めい》りそうな気分をごまかしたくなり、スマートフォンを手に取った。ある番号が表示されたところで指を止め、通話ボタンを押す。

コール音は三回鳴ったところで途切れ、聞き慣れた母親の声が聞こえてきた。

『もしもし。どうしたの、遅くなる？』

「あ……いや、今から帰る」

『あ、そう。今どこ？　学校？　ご飯は要るの？』

母の質問は畳《たた》みかけるように続き、どれから答えればいいのか分からなくなる。そのくらい、頭がすっかり麻痺《まひ》してしまっていた。

「今からバスに乗って帰る。多分一時間かかんないと思う。飯は……要るけど少なくていい」

『バス？　学校じゃないの、今？』

「……病院」

『は？　病院!?』

「いや、僕はなんともない。さっき、友達の親が病院に運ばれて……その付き添いっていうか」

普段だったら、母親にそこまでの詳細はきっと話さなかったと思う。

ただ、今は頭がまともに働かず、うまく本当のことを伝えればいいのか判断が鈍《にぶ》って、どうにも正解が分からないからそんなことまで伝えてしまった。僕にとっても、今回の件は相当にショックだったのだと改めて思う。

誰かの死を目《ま》の当たりにしたのは、これが初めてだった。

死ぬということ。

命を失くして死体になるということ。

残される人間がいるということ。

残されたほうは生き続けなければならないということ。

その事実を――死んでしまったエリナの母親と残されたエリナを、部外者である自分は、ただ眺めているしかできなかったこと。

そのどれもが、僕の想像を遥《はる》かに超えて重かった。重くて重くて、堪《こら》えきれずに目を背《そむ》けてしまうほどに。

エリナの手を思い出す。母親の顔にかかる布をめくる、細くて白いエリナの指――思わず口元を押さえた。

これ以上は思い出したくない。だが、今のエリナは現実から目を背《そむ》けることすら許されていないのだと思うと、余計に息苦しくなる。

声が震えそうになったところで、大型の車が近づいてくる音がした。

バスが来たから、と手短に伝えて通話を終えた瞬間、溜息《ためいき》が零《こぼ》れた。母に友達の話をすることは初めてだったかもしれないと、そのときになってからふと思う。

……静かだ。

沈黙の中に急に放り出された感じがした。そんな心許《こころもと》なさから逃げるようにして、僕はバスに乗り込んだ。

バスの中は暖房が利いていて、あたたかかった。

僕以外の乗客は誰もいない。ちょうど良かった。今だけは、誰も僕の近くにいてほしくなかった。

運転手から最も遠い一番後ろの席に腰かけ、僕はかじかむ指先にそっと息を吹きかけた。


母親は、僕が電話で告げたことについて、深く突っ込んだ質問をしてはこなかった。

伝えていた通り、夕食には控えめな量のおかずが用意されていて、どうしてかそれを見たときに申し訳ない気分になった。

多分、残されてしまったエリナの顔が頭から離れなかったからだ。

母は僕がもうすぐ死ぬことなんて知らない。昔、伝えていた頃はあるにせよ、今も信じていないはずだ。あとひと月もしないうちに死ぬ僕のためにこうやって食事を用意してくれて、気を遣わせて……僕はきっと、そのことを申し訳なく思ったのだ。

食事を終えて、すぐ部屋に戻った。

ベッドの端に腰かけてぼうっとしてしまう。時間ばかりが無為に過ぎ去る中で、気分は一向に晴れなかった。

つい数時間前に目の前で起きたできごとも、一度きりとはいえ面識がある誰かの亡骸《なきがら》を初めて見たことも、なにもかもが映画かドラマの中でのできごとみたいだった。立ち尽くすエリナを支えようと必死になっていた自分さえも、現実から懸《か》け離れた存在のようだ。

午後十一時。いつまで経っても落ち着きそうにない自分に嫌気が差し、ベッドに倒れるように身を埋《うず》めたそのとき、テーブルの上に放っていたスマートフォンがぶるぶると震え出した。

エリナからのメッセージだった。

食いつくように見つめた画面には、用件のみを伝える簡素な文字が並ぶばかりだ。絵文字ひとつないシンプルなメッセージを送られるのは初めてで、エリナの身に起きたことがどれほど深刻なことなのかを改めて思い知らされる。

古い借家で母娘ふたり、慎《つつ》ましく暮らしていたエリナを取り巻く環境は、エリナの母親が亡くなったことをきっかけに一変してしまったようだ。

父親に引き取られることになったこと。

父親が本当に、いつか冗談交じりに伝えた「どっかの会社の社長さん」だったこと。

明日から、学校にはもう行けないこと。

遠くに引っ越すことになること。

そういうことが淡々と綴《つづ》られていて、まるで別人からの連絡を読んでいる気分になった。

引っ越す先がどこなのかには一切触れられておらず、ずきりと胸の奥が痛んだ。

『父親はね、どっかの会社の社長さんなんだって』

『あんまり信じてないけど』

あれは確か、勉強を見てほしいというエリナに誘われて彼女の自宅に行った日のこと。

あの頃は、エリナの母親は生きていて、エリナも普通に母親に関する他愛もない話をしていて……なんだか夢でも見ているみたいだなと思う。

今起きていることが夢なのではと思ってしまうくらい、なにもかもがあまりに唐突だ。

僕らは高校生で、子供だ。親がいなければ、支えてくれる人がいなければ、生きていくことさえままならない。

控えめに盛られた今夜の夕食を思い出す。僕だって同じだ、ひとりではなにもできない。遠くに行くなと言ってしまえたら、どれほどいいだろうと思う。でも僕は、エリナの父親に逆らって彼女を引き留められる力も、お金も、手段も、なにひとつ持ち合わせていない。

ひとりで生きていく力が十分にはない僕らは、このまま離ればなれになるしかないのだと思い知る。

ドラマみたいだ……いや、違う。これは紛《まご》うことなき現実だ。今、実際に起きていること。

僕のカウントダウンと同じで、変えようのないことだ。

第6章　三月二十四日、冷たい指と種明かし

朝起きて、朝食を取って、玄関のドアを開けて、外に出る。

エリナのいない学校生活は、どこまでも静かだった。心にぽっかり穴があいたみたいな、という表現は、こういうときのためにあるのかもしれない。

朝礼で担任が、エリナの母親の死と、それから彼女の転校について告げた。

話の途中から、教室内は一気にざわついた。だが、昼になる頃にはその話題を口にしている人間は半数になり、放課後にはさらに半数ほどになったのではないかと思われた。もしかしたら、明日にはもう誰も話さなくなるのかもしれない。

話題が話題なだけに、皆が軽々しく口にすることを避けただけなのかもしれない……だが。

こうやって、皆、忘れていくのだろうか。エリナのことを過去の人にしてしまうのだろうか。僕だけを残して。

いや、僕もきっと同じだ。このクラスの全員にとって、やがてただの過去の人になる。クラス

の中で特に親しい人付き合いをしてこなかった僕の死を、誰かが悲しむとは思えなかった。

エリナはどうだろう。エリナも、いつかは僕のことを忘れるのだろうか。死ぬ日を知っているという秘密を明かし、そこから友人とも恋人ともつかない奇妙な関係を経て、そして予定通りに本当に死んでいく僕のことを。

エリナの母親が亡くなったことで、僕は、自分の死をよりリアルに想像せざるを得なくなってしまった。

僕の最後の日はあと三週間ほどで訪れる。しかし、転校に引越にと忙《せわ》しない状況では、エリナはもう僕には構っていられないだろう。

つまり、僕はひとりぼっちで死んでいくことになる。

そんなことは何年も前から受け入れていた。そのはずなのに、たった半年程度関わったエリナのせいで、それからこのタイミングで彼女の母親がこの世を去ったせいで……なんなんだ。番狂わせにもほどがある。

胸が軋《きし》むように痛む。ずっと望んでいたこと——面倒ごとを運んでくる人間が傍《そば》からいなくなったことを、僕は喜ぶべきなのに、胸に穴をあけられたみたいな気分だ。

間近に死を控えた僕の、死に対するスタンスのすべては、すでに壊れてしまっている。

どうすればいいのか分からない。カウントダウンはもはや秒読みで、それなのに普段通りに生活することしかできない。

朝起きて、朝食を掻き込んで、登校して、授業を受けて、弁当を食べて、また授業を受けて、放課後はひとりぼっちで下校して、帰宅して、また食事をして、風呂に入って、寝る。

ずっと繰り返すだけでいいと思っていたそのリズムにやっと戻れたというのに、このままでいいのかという焦燥《しょうそう》は、消えるどころか濃くなっていくばかりだ。それはどんどん肥大《ひだい》して、僕をまるごと呑み込んで……なんだこれ。絶対、おかしい。

エリナがいない。僕の死を知る人間が、誰もいない。

それでいい、最初からそうであるべきだった。むしろエリナは邪魔者でしかなかった、絡まれ始めた頃には確かにそう思っていたじゃないか。

なのにどうしてだ。本来なら望ましいはずのこの状況が、息苦しくて堪《たま》らない。

新しい街に引っ越していったエリナに、いつまでも僕のことを気に懸《か》けさせていたら申し訳ない。

早く忘れてほしい、でも忘れてほしくない。どちらも僕の本音だ。

辟易《へきえき》してしまう。僕はこんなにも身勝手な人間だったのか。

エリナの気持ちを大切にしているような顔をしながら、結局、自分のことばかり考えている。

＊

月日は過ぎていく。同じことを繰り返しているだけで、刻一刻と。

過ぎた時間は戻らない。この身体と心に蓄積してしまった経験も記憶もまた、二度と消えることはない。知らなくて良かったことを知ってしまったまま、僕は最後の日を迎えなければならない。

春休みに入ってからは、家でただ無為に時を過ごすばかりになっていた。

カレンダーの日付を直視することもできなくなって久しい。スマートフォンに表示されている日付がたまたま目に入る。しまったと思った。

三月二十三日……ああ、気づけばもう、明後日だ。

エリナにはもう会えないのだろうか。あんな別れ方をしたきり、二度と会えずに死んでいくことになるなんて。

僕はきっと、心のどこかで期待していたのだ。最後の日に、あるいはその瞬間に最も近いときに、エリナが自分の傍《そば》にいてくれるものだと。

僕はいつから期待していたんだろう。なにを、期待してしまっていたんだろう。

端末を見つめたままでいると、目が乾いて視界が濁《にご》ってきた。目をこする気にもなれずに、そのままぼうっとしていた、そのときだった。

突如、それが震え出した。

知らず背筋が強張《こわば》る。自宅にいる今、親からこの端末に連絡が入るわけはない。

おそるおそる覗《のぞ》き込んだ画面に表示された名前を確認するや否《いな》や、応答のボタンをタップした。

「っ、もしもし」

『……あ、井荻？』

エリナだった。

久しぶりに声を聞けて、気が逸《はや》って思わず声が上擦《うわず》る……だが。

『明日、時間取れそうなんだ。会えるかなって思って』

緊張している僕とは対照的に、彼女の声は以前とまるで変わらなかった。顔が見えない電話では彼女の心境は分からないが、嬉しいと感じているのは僕だけかもしれないと思うと、途端に気分が沈んでいく。

「……別にいいけど」

……なにが「別にいいけど」、だ。まるで望んでいないみたいな声をわざと作って了承を告げて、僕は一体なにがしたいんだろう。

自分で自分にうんざりした。

もう会えないのかもしれないと、あれほど息苦しくなりながら思っていた癖に。

『そっか、良かった。ええと、時間はね……』

エリナの喋《しゃべ》り方は、なんだか普段よりも事務的に聞こえる。それが余計に僕の心を引っ掻き回す。

そもそも、エリナは本当に僕に会いたいと思ってくれているのか。本気で会いたいと思っているのは僕だけで、向こうはいよいよタイムリミットが目前に迫った僕に気を遣ってくれているだけかもしれない。

本当は会わないほうがいいんじゃないのか、そんなふうにも思えてきてしまう。

『昼過ぎ……そうだな、二時くらいに駅に着くと思う』

「……分かった。行きたいところは?」

『うーん、あんまり考えてなかったな。考えとくよ』

ああ、と返事をするだけで精一杯だった。

じゃあ、と先に通話を切ったのはエリナのほうで、僕は傷ついたような気分になる。僕だって、そうやって彼女との通話を自分から終わらせたことが何度もあるのに、逆のことをされてひとりでこんなふうに落ち込んで、馬鹿みたいだ。

動揺を押し殺すように、ベッドに身体を埋《うず》める。

けれど、明日のことを思うと、なかなか眠れなかった。

＊

ほとんど眠れないまま、朝を迎えた。

タチの悪い偏頭痛がいつまで経っても抜けない。朝食を取ってから仮眠しようと横になったら、次に気がついたときにはもう正午を過ぎていた。

冷や汗をかきつつ支度《したく》を整え、家を出る。

駅前は、普段よりも人が多く、賑《にぎ》わって見えた。

駅の構内に足を踏み入れるが、どこで待っていればいいのか分からない。時刻は間もなく午後二時だ。携帯を確認すると、エリナから間もなく到着するという旨《むね》の連絡が来ていた。歩いていたからか気づかなかった。

新幹線のホーム近くでそわそわしながら彼女の到着を待っていると、改札の向こうに見慣れた茶髪頭が見えた。

どきりとする。

ほぼ同時に向こうも僕に気づいたらしく、エリナは僕に向けて大きく手を振った。

「お待たせ。なんだか久しぶりだね」

「……ああ」

改札を出たところから小走りに僕の傍《そば》までやって来たエリナは、茶色の巻き髪と派手な化粧――普段通りの姿だった。

もちろん、制服ではなく私服ではある。髪や化粧から受ける印象から懸《か》け離れている清楚な感じの彼女の私服姿。過去に何度か見たことがあるにもかかわらず、毎回意外に感じてしまう。

オフホワイトのロングコートの裾《すそ》からは濃いグレーのスカートが覗《のぞ》いており、今日も大人っぽい格好だな、と思う。

久しぶりに顔を合わせているからという理由もあるのかもしれないが、なんだか、エリナが遠い世界の住人になってしまったかのような錯覚に陥《おちい》った。

そんな僕の内心など知る由《よし》もないのだろう、エリナはにっこりと笑って僕を見つめている。

僕はといえば、エリナの顔をまともに見られない。会えて嬉しい気がする。わざわざここまで来させてしまったことを謝りたい気もする。なんでこれまで連絡を入れてくれなかったのかと苛立ちをぶつけてしまいたい気もした。

結局、そのどれをも口に乗せることなく、僕はだんまりを決め込むしかできなくなる。

「ええと、どこ行こっか？　私はあの神社に行きたいかなー、久しぶりにこっち来たし……久しぶりって言ってもせいぜい三週間ぶりくらいだけどさ」

僕に意見を尋ねておきながら、自分の希望を前面に押し出してくる。そんな彼女の調子に合わせつつ、ああ、今日も振り回されることになるのかなと思う。

それでいい気がした。そういう最後のほうが――いつも通りに今日という日を過ごせてしまったほうが気楽だ。少なくとも、僕は。

　エリナは、以前と同様に明るかった。だが、顔色が悪いように見える。けれど、大丈夫か、と問いかけるよりも先に、エリナは僕の腕を引っ掴《つか》んで歩き始めてしまった。そのせいで、僕は訊《き》くタイミングをすっかり逃してしまう。

　駅構内のコンビニで飲み物を購入してから駅を出た。エリナと歩く駅前は、同じ場所をひとりで歩いたときよりも、なんだか色鮮《いろあざ》やかに見えた。

「新幹線ってあんまり乗らないから緊張しちゃうよね。自由席だと座れるかどうかも分かんないし」

「……そう、だな」

「もっと早く来られるかなって思ったけど、ごめんね。結構時間かかっちゃって、この時間にしたの」

　神社までの道を歩きながら、一方的に口を開き出したエリナの話に耳を傾ける。

　……新幹線。今頃になって、エリナは新幹線を使わなければ行けないような街に引っ越してしまったのだという事実に思い至った。

　どこに引っ越したのかと訊《き》こうとして、だが訊《き》いてどうするとすぐに思い直す。

　明日にはいなくなるんだ、僕は。そんなことを訊《き》いても仕方がない。

「帰りはまた新幹線？」

「うん。五時過ぎのやつ」

「……そう」

どうでもいいことばかり尋ねてしまう。本当に訊《き》きたいことは、なにも訊《き》けなかった。核心に触れられない。触れるのが怖い。触れていいのかどうかもよく分からない。

例えば、エリナの名字はすでに「稲川」ではないのだろうと思う。でも、新しい名字を尋ねることができない。知ったところでどうなる、としか思えなかった。

僕が頭に思い描く質問のどれもが——昨晩には爆発しそうなまでに頭を埋め尽くしていたそれらが、今はひとつも口からは出てこない。

エリナの話を要約すると、引越や転校など、彼女の今後の生活についてはかなり急ぎ足で話が進められたようだった。また、エリナは口には出さないが、母親の葬儀だってあったはずだ。

エリナ自身は、戸惑うこともなくそれらを受け入れているように見える。僕のほうがよほど困惑していて、馬鹿みたいだ。

「なんかすごくバタバタしてて、井荻に連絡するの、遅くなっちゃった。ごめんね」

「……いや」

「半分くらいはもう大人、みたいな気分で生きてたけど、全然そんなことないね。大人がいないとなんにもできないや、引越にしても転校にしてもほんと大変。私がっていうよりパパが、だけど」

「……ふうん」

エリナが喋《しゃべ》る。僕が最低限の相槌《あいづち》を打つ。いつも通りの応酬《おうしゅう》だ。

それなのに、なんだろう。違和感があった。ざわざわと腹の底を這《は》うような……ああ、そういえば、エリナの母親が亡くなった日も、これとよく似た感覚を味わった気がする。

エリナの顔色の悪さも相まって、急に不安を覚えた。そしてとうとう、僕は先ほどからずっと気に懸《か》かっていたことを口にした。

「……大丈夫か」

「え？」

「いや、……顔色、良くない気がして」

「え……私？　そんなことないよ、平気平気」

エリナはひらひらと手のひらを振りながら笑うだけで、僕は結局、そうかと呟《つぶや》いたきりその話を続けられなくなってしまった。

捉《とら》えきれない靄《もや》を中途半端に追いかけて話をしているうちに、僕らは神社に到着した。

境内《けいだい》はやはり閑散《かんさん》としており、正月の賑《にぎ》わいが嘘みたいに思えてしまう。日陰になっている端のほうにはまだ雪が残っているところもある。ぽつんぽつんと佇《たたず》む古びた遊具は相変わらず錆《さび》だらけだ。

もしかしたらエリナは今日も滑り台やらブランコやらに駆け寄る気だろうかと思いきや、予想に反して彼女はまっすぐ本殿へと足を踏み出した。

本殿の賽銭箱《さいせんばこ》の傍《そば》。ミケに餌《えさ》を与えたり、構ったりした場所だ。そういえば、ミケは元気にしているだろうか。エリナのことだから、まさかあの借家にそのまま置いていったものとは思えなかった。

「……ミケは元気か」

「あ、そうそう！　それ、言ってなかったなって思って。元気にしてるよ、新しいおうちだからいろいろ気になるみたいでさ、昨日なんてあの子ったらね……」

はしゃいだようなエリナの話し声に耳を向ける。普段通りの声音なのに、先ほどから続いているぞわぞわとした感覚は、消えるどころか次第に大きくなっていく。

エリナはいつも短気で、気性が激しい。そのエリナが、実の母親の死とこれだけの環境の変化があったにもかかわらず、こんなに平然としていること自体が不自然ではないか。パニックを起こしたり、精神的に不安定な状態に陥《おちい》ったりしてもおかしくないだろうに。

まるで、母親があの日急死することを――それから三月二十五日を待たずに僕と離ればなれになるということを、あらかじめ知っていたのではないかと思えてくる。最初から、全部分かっていたような態度に見えてきてしまう。

他にもなにかなかったか。エリナのこの態度、口調……似た状況がなかったか。

例えば、妄言《もうげん》のような僕の打ち明け話を、疑いもせず鵜呑《うの》みにしていたときは。

『死なないようにはできないの？』

そう言われたときは、馬鹿な奴だとしか思わなかった。

こんな話を信じ込んで、頭がおかしいのではないかと疑った。

『私が助けてあげようかって言ったら、どうする？』

その言葉を、僕は二度、言われている。

一度目は、秘密を打ち明けてすぐの頃。あのときは、できもしないことを口にしやがってと、苛立った気分で言い返した。

二度目は二月。一緒にクッキーを作った日だ。涙を溢《あふ》れさせながらそう言ったエリナの顔は、とても見ていられなかった。なにも返せなかった。返してやれなかった。

なんだ、これ。

どうして今のエリナがあまり動揺していないように見えるんだろう。僕が動揺しすぎているからか。

……違う。

いや、それはそれである意味では当たっているのかもしれないが、もっと核心をついた答えが存在する気がしてならない。ぞわぞわと腹の底を這《は》うような違和感は、先ほど感じていたそれよりも確実に大きくなっている。

エリナはなぜ、妄言《もうげん》のような僕の発言を疑わなかったのか。

なぜ、実母の死に際して激しい動揺を示さなかったのか。

共通項がないはずのふたつの事柄の理由は――正解は、もしかしたら完全に同じものなのではないのか。

「ええと、なんだか私ばっかり話しちゃったね。井荻はどう？　元気にしてた？」

「……ああ。まぁ」

「嘘。私がいなくなって寂しかったんじゃないの」

冗談めいた喋《しゃべ》り方は最初だけだった。声のトーンが明らかに落ちた最後の問いかけに、僕ははっとして顔を上げた。

真正面から捉《とら》えたエリナの顔は、見慣れた厚い化粧に覆《おお》われていて、だがいつもとはなにかが違って見える。なにか……ああ、顔色だけじゃない。瞼《まぶた》が腫《は》れているように、見えなくもなかった。

エリナは、なにを――あるいは誰を思って涙を流したのだろう。

僕？　自分の母親？　それとも、もっと他の要因があるのか？　分からない。分かりたいと思えば思うほど、その答えには靄《もや》がかかって、どんどんなにも考えられなくなっていく。

唐突に足元の地面が抜け落ち、真っ逆《さか》さまに落下していくみたいな錯覚に襲われる。

「ねえ、井荻」

「……なに」

「井荻が今なに考えてるか、当ててあげようか」

いつもよりもずっと低い声。いつもと違う、エリナ。

先ほどまで頭の中を巡っていた不可解な点が、目の前で薄く微笑むエリナの表情に重なる。

頭の奥で警鐘《けいしょう》が鳴り響く。

僕はなにかを見落としている。エリナに関する重大ななにかを、まるごと見落として……くらりと眩暈《めまい》がしたそのとき、エリナが再び口を開いた。

「ふふ。井荻って本当、分かりやすくなったね。元々そうだったのかな、それとも私のせい？」

「……なに、言って」

「私のせいだよね。私が絡み始めてから顔つき変わったもん、アンタ。今も全部顔に出てるよ」

低い声で続けながらエリナはにっこりと笑うが、僕は少しも笑えなかった。かといって目を背《そむ》けることもできず、笑うエリナの少々腫《は》れぼったい目元に釘づけになったまま、徐々に呼吸が浅くなっていく。

僕の知っているエリナが、僕の中の「稲川衣梨奈」に対する認識のすべてが、パラパラと崩れ落ちていく。

知らず喉《のど》がこくりと鳴る。

エリナの、本当の、顔。その目が、まっすぐに僕を射抜く。

「井荻が考えてる通りだよ。うちのママも井荻と一緒で、自分が死ぬ日を知ってたの。その日がいつなのか、私も……知ってた」

屈託《くったく》のない笑顔の内側――エリナの中に、僕は初めて危うさを見出した。

沈黙が落ちる。

鬱蒼《うっそう》とした木々に囲まれた神社。その本殿の屋根にとまっている鳥が、ぴちち、と小さな鳴き声を落とした。その声にはっと現実に引き戻される。

「あのね。私、井荻のこと、大っ嫌いだったの」

話題が唐突に変わり、僕は眉をひそめた。

エリナの声は、先ほどとは打って変わって軽《かろ》やかだったが、話の内容がまったくそれに伴《ともな》っていない。

薄ら寒さを覚えて無意識に拳《こぶし》を握ると、エリナは僕のそれに自分の手のひらをそっと重ねた。指が触れる。

冷たい指。母親の顔に被せられた布をめくっていた、細くて白くて冷たい……いけない。これ以上、思考を深めてはならない。

あのときのショックを今また味わうことは、死を控えた僕にとってあまりにも危険に思えた。

「私、二年生になってからクラスが一緒になって初めて井荻のこと知ったけど、顔見るたびイライラしてしょうがなかった。ママとそっくりだったんだもん。やりたいこととか楽しいこととか、悲しいこととか悔しいこととか、そういうのぜーんぶどうでもいいやって思ってる顔」

嫌いだと言いつつも、エリナは僕の手を放さない。痣《あざ》が残りそうなくらいにきつく力をこめられる。

「ママがそうだったから、井荻もそうなんだってすぐ分かったよ。残される側のこと、なにも分かってない。考えようともしてない。だから大っ嫌い」

……だからエリナは、僕の話を疑おうともしなかったのか。

ようやく腑《ふ》に落ちる。エリナは僕が嘘をついていないことを、最初から知っていたのだ。ごく身近に前例があったから。

本来ならあり得ないはずの能力——自分の死ぬ日が分かる、能力。

もしかしたら、隠しているだけで、そういう力を持っている人が他にもいるのかもしれないと思ったことがあった。だって、そんなことをおおっぴらにしたら頭のおかしい奴だと思われてしまう。

だから僕も、子供の頃に、親に理解してもらうことをやめたのだ。

娘をひとり残して死んでいったエリナの母親は、最後になにを思っただろう。誰のことを考えていただろう。

エリナは、母親が死ぬことを知っていたという。つまるところそれは、エリナの母親が、自分が死ぬ日がいつなのかをエリナに打ち明けていたということだ。

娘に自分が死ぬ日のことを伝えて、それがどれだけエリナを傷つけることになるのか、まさか考えが及ばなかったとでもいうのか。

エリナは馬鹿ではない。決して空気が読めない奴でもない。

苦しんで、悩んで、泣いて……そういうエリナを僕は知っている。

「……あんたは」

「ん？」

「あの日、自分の母親がああなることを知ってたってことか」

「うん。ちょうど一年前に言われた」

握り締めた拳《こぶし》の中で爪が皮膚を薄く破り、ぴりりとした痛みが走る。だが、そんなことを気に懸《か》けている暇などなかった。

ふざけるなと叫びたくなったが、それはできなかった。

僕も同じだと、気づいてしまったからだ。

「どうせ自分は死ぬからって、なにも要らない、なにもしない、なにも興味ないって顔してさ。好きだって言っても、ちっとも気を向けてくれない。こっちだけ傷ついて残されるなんて、あんまりじゃない？」

「……」

「だからね、井荻のこと、苦しめてやろうと思った。全部諦めてるみたいなスカした顔を崩して、私に未練タラタラで死なせてやりたかった。二学期が始まっても一学期と同じ顔してたら、絶対そうしてやろうって決めてたの。それまで喋《しゃべ》ったこともなかった私につきまとわれて、井荻、すごく嫌そうな顔してたよね。……覚えてる？　私ははっきり覚えてるよ」

エリナの声には抑揚《よくよう》がなく、僕は相槌《あいづち》ひとつ挟めず黙り込むしかできない。

そもそもの始まりは、僕への嫌がらせだったということか。

胸の奥がぎりぎりと痛んだ。そのせいで、絶対にしたくなかったのに、執着してしまった。この世にも、多分、エリナにも。

腕を掴《つか》む細い指。鼻にかかった高めの声。これでもかというくらい神経を逆撫でしてくる、わざとらしい態度。

あれほど煩《わずら》わしかったすべてを、僕の頭も身体も、しっかりと記憶している。それどころか焼きついて離れなくなってしまっている。

「ママのことは、そういうふうにはしてやれなかった。いざ死ぬ日が近づいてきたら……ちょうど夏休み頃かな、そのくらいからママ、ちょっと変わったの」

「……変わった？」

「うん。なんていうか、投げやりじゃなくなったんだよ。自分が死んだ後、私のことをどうするかとか、一生懸命考えてた」

語るエリナの声はどこまでも平坦で、それが僕の不安を煽《あお》った。

感情のこもらない声は、まるでエリナが負った傷を映し出す鏡のように見える。目につきにくい傷もれっきとした傷であり、それが生み出す痛みは、目につきやすい傷となんら変わらない。

現実のものとなった母親の死と、すぐ目の前に迫った僕の死。

そのどちらもが、エリナの心をまるごと喰《く》らい尽くそうと、鋭く牙《きば》を剥《む》いている。

「病院にパパが来たときも、私、別にびっくりしなかった。知ってたから。『パパがちゃんと迎えに来てくれるよ、連絡してあるからね』って、前の日のうちにママから聞いてたの」

……エリナの父親。霊安室に入ってくるなり床に膝をついて泣き出したスーツ姿の男性が、脳《のう》裏《り》にふっと蘇《よみがえ》る。

ドラマみたいな展開なのに、エリナはほとんど困惑することなく彼を父だと告げた。写真を見たことがあるからああいう言い方をしたのだろうと思っていたが、どうやらそればかりではなかったらしい。

エリナは、あの場に父親が姿を現すことを、あらかじめ知らされていたのだ。

あの日微《かす》かに感じていたいくつかの違和感がはっきりとした点になり、それらはあっという間に繋《つな》がって線になっていく。

「けど、アンタはママと違った。いつまで経っても変わんなかった。すごくイライラした、だからちょっかい出したの」

「……あ……」

「一緒に帰ったり、屋上で話したり、家で勉強したりクッキー作ったりもしたよね。クリスマスとかお正月とか、そういう日にはデートみたいなことだってした。井荻、ちょっとずつ私のこと見てくれるようになったから、うまくいったって思ってた。あとはアンタが死んだときにざまあみろって、思い知ったかって思えばいいだけで……でも」

エリナが吐き出す言葉を聞くことしかできない僕を、真正面から見据《みす》え、エリナは大粒の涙を零《こぼ》した。

「でも私、井荻に、死んでほしくないよ……」

エリナの目尻を伝い落ちた涙は、マスカラを吸ってすぐさま黒くなる。

堪《たま》らず、僕はそのひとしずくを指で拭《ぬぐ》った。寒空の中、エリナの頬《ほお》は氷のように冷たくなっていたが、涙はほのかにあたたかい。そのことが、余計僕の胸を締めつける。

ゆっくりと視線を下げた僕は、震えるエリナの唇を、ただぼんやり見つめるしかできない。

エリナは僕を傷つけたがっている。消えない傷を僕に植えつけながら、自分も同じくらい、あるいはそれ以上に傷ついている。

彼女は馬鹿ではないはずなのに、どうしてそんなことをしてしまうんだと、責めたくなった。

「……だから……」

だから、つきまとうなって、言っただろ。

そう言ってやろうと思ったのに、それ以上声は出なかった。

代わりに涙が溢《あふ》れた。それは頬《ほお》から顎《あご》へと伝って、そしてぼたっとコートの襟《えり》を濡らして、シミになって、消える。

消えてしまうんだ、明日には僕も。この涙と同じで、最初からなにもなかったみたいに。

後には、抜け殻《がら》の身体が残るだけ。

あの日、霊安室で実の母親にそうしたように、エリナは僕の顔にかかった白い布を、また冷たい指でめくる羽目になるのか。

――心底、嫌だと思った。

「ねぇ井荻。明日、死なないで」

寒がりの癖にわざわざ手袋を外し、エリナは僕の目尻に指を伸ばしてくる。零《こぼ》れた涙のせいで熱を持ったそこに、氷かと思うほどに冷えたエリナの指先が触れ、場違いにも心地好《よ》いと思ってしまう。

その指を掴《つか》もうとした途端、彼女は僕の胸元に両手を添えた。

僕の涙に濡れたままの指が、コートの上からそっと僕に触れる。心臓に直接触れられているみたいで、胸が詰まった。

エリナの手がそこに触れているせいで、自分の鼓動が普段よりもはっきりと感じ取れてしまう。

エリナの手に自分の手を重ねる。冷えきったそれをそっと包むように握りながら、こいつの手、こんなに小さかっただろうかと思う。

僕はこのとき、寒空の中でとくとくと規則正しく動く自分の心臓の音を、随分《ずいぶん》と久しぶりに聞いていた。こんなふうに自分が生きていると実感するのは、初めてかもしれなかった。

「家から一歩も出ないで。家族でも親戚でも誰でもいい、ずっと誰かと一緒にいて。なにかあったらすぐ病院に運んでもらって。どんな手使ってでもいいから死なないで。カッコ悪くてもいいから、生き残ってよ」

命令のような言葉を聞いた途端、嗚咽《おえつ》が漏《も》れた。

エリナはエリナで、泣いて汚れた顔を隠しもしない。

困ったように微笑みながら、彼女は僕の手を自分の頬《ほお》に添えた。エリナの手を、僕は思わず握った。そうしなければ、今にも心が凍《こご》えてしまいそうだった。そしてエリナは、いつもみたいに軽率に僕の顔を覗《のぞ》き込んでくる。

「私はもう井荻の傍《そば》からいなくなるけど、ちゃんと私のこと、見返してみせて。絶対だからね」

立ち尽くす僕の唇に、震えるエリナのそれがそっと触れる。

エリナの唇は、悲しくなってくるくらいに冷たかった。ただ、再び僕の心臓の辺りに服越しに触れた彼女の両手は、さっきよりもずっとあたたかい気がした。

＊

駅までエリナを送っている間、彼女はひと言も口を利かなかった。

改札の前で切符を出そうとした拍子に、エリナは鞄《かばん》から生徒手帳を落とした。気づかず歩みを進めるエリナにそれを拾って手渡してやると、エリナは「ありがとう」と無理に作ったような笑みを浮かべた。僕も曖昧《あいまい》に笑って返した。

別れの時間はあっけなく過ぎ、改札を通り過ぎる彼女の背を見送った。

僕は自宅まで歩いて帰る。神社から駅までエリナと歩いているときにあった小さな違和感が、少しずつ僕の中で広がり始めていた。

エリナの顔色は、今日顔を合わせたときからすでに良くはなかった。

大丈夫かと、神社に向かう間に一度訊《き》いた。エリナは「平気平気」と首を横に振るばかりだったから、それ以上はもうなにも訊《き》けなかった。あの後の話の内容を考えれば、エリナの顔色の悪さの原因は僕に訴えかけることを思い悩んでいたからだろうと想像がついたが、駅に向かっているときには、さらに青白く変化していたように思う。

風邪だろうか、と心配になる。春先とはいえ、外の空気はまだまだ冷たい。吐く息だって白い。屋外で何時間も過ごさせるのは、やめておいたほうが良かったのかもしれない。

そこまで考えて、ふと苦笑した。

明日、僕は風邪どころではない事態に見舞われてこの世を去るはずなのに、エリナの体調のほうがよほど心配だ。滑稽《こっけい》だなと思う。

『家から一歩も出ないで』

『家族でも親戚でも誰でもいい、ずっと誰かと一緒にいて』

『なにかあったらすぐ病院に運んでもらって』

命令に等しいエリナの口調を思い出す。

僕の胸元に触れながら震えていたエリナの精一杯の忠告を、僕は明日、果たして守れるだろうか。

死にたくないな、と思う。

神社でもそう思った。

僕自身の人生がそこでぶつりと途切れること自体が面白くないし、なにより、エリナに僕の顔にかかる白い布をめくらせたくないという気持ちが強かった。

つい先日も、エリナは自分の母親に対して同じことをしたばかりだ。あの指に、できることならもうあんなことをさせたくなかった。

午後六時、七時、八時。時間は無情にも過ぎていく。

エリナはそろそろ自宅に着いただろうか。

そんなことを考えて、笑ってしまう。

今このときになっても——いや、今だからこそなのかもしれない。僕の頭にはまるでエリナしか住んでいないみたいだ。

今夜は早めに休もうと心に決めた。さっきエリナから受けた忠告を、明日、絶好の状態で守れるように。

そう思える程度には、僕はエリナの言葉を、エリナとまた顔を合わせられる未来の訪れを、夢見てしまっていた。

……そして、とうとう、その日が訪れた。

第7章　三月二十五日、臆病者の願掛け

ついに訪れた三月二十五日、木曜日。

今日ばかりは、外出するつもりは毛頭なかった。今日一日だけ、どうしても一緒に過ごしてほしいと母に頼み込むと、母は不気味な生き物でも見るような目で僕を凝視《ぎょうし》する。

「まったく、どうしたの急に……なにかあるわけ、今日？　具合でも悪いの？」

「……別に」

理由の詳細をつまびらかに説明するわけにはいかない。曖昧《あいまい》な返事をしては母の溜息《ためいき》を聞いて、という流れをすでに数回繰り返す羽目になった。

やたらと僕の発熱やら精神状態やらを疑ってかかる母を、正直煩《わずら》わしく思う。しかし、パートの仕事を休んでもらってまで僕の傍《そば》にいてほしいとお願いしたのは他ならぬ僕自身だ。失礼な態度の連続につい舌打ちしかけたが、僕は喉《のど》まで出かかった不満の声を無理やり押し殺した。

母の気持ちは分からないでもない。そんな頼みごとをしたのは、小学校低学年……いや、幼稚

園児の頃以来かもしれなかった。母だって、すぐには僕の言葉が信じられなかったのだろう。

とはいえ、背に腹はかえられない。

できる限りは手を尽くしたかった。エリナに言われたことを守り、自分でできる範囲で細心の注意を払い、せめて最後の瞬間まで僕なりに足掻《あが》きたかった。

こうなることを避けるために生きてきたこれまでの人生を全否定するような行動に出てしまっているが、今の僕は、自分の意志でそうしたいと思っている。だから、これでいい。

何度目かの応酬《おうしゅう》の末、折れてくれた母が微笑みかけてくる。

「ふふ、珍しいわねぇ。自分の部屋に閉じこもってばっかりのアンタがリビングで過ごすっていうのも」

「うるさいな……いいだろ、別に」

「悪いなんて言ってないわよ。あ、なんか飲む？」

「……コーヒー」

心なしか……いや確実に、母は楽しそうだ。嬉しそうでもある。

母との間に横たわる微妙な距離感は確かで、ごまかしようがない。けれどキッチンに向かい、ヤカンでお湯を沸かし始めた彼女の足取りは軽い。

僕にはコーヒー、自分には紅茶を淹《い》れた母が、ほどなくしてリビングに戻ってきた。

コーヒーはインスタントではなく、わざわざコーヒーメーカーで淹《い》れたもののようだった。淹《い》れたてのそれの香りが微《かす》かに鼻孔《びこう》をくすぐり、張りつめていた気が少々緩んだ。

母とふたり、並んでリビングのソファに腰かけながらテレビを見る。

やや大袈裟《おおげさ》な手振りとともに話し続ける、ニュース番組のコメンテーターをぼんやり眺めていると、もしかしたらこのままなにも起きないのではとふと思えてくる。

そもそもが、十数年もの長い時間をかけた、僕の勘違いだっただけでは——そんなふうに考えながらぼうっとしたままコーヒーカップを口に寄せた、そのときだった。

プルルルルル。

高らかな音を立てて、家の電話が鳴り出した。

……危うく、カップを取り落とすところだった。鳴り続ける電話に向けて、僕はゆっくりと視線を動かす。

「あら、電話？　固定電話のほうになんて珍しいわね」

飲みかけの紅茶をテーブルに置き、母は電話のほうに歩を進めていく。

なんとなく、この電話がきっかけになるのだろうという直感があった。

そんなに簡単に回避できるわけはないよなと思いながら、気が緩みかけていた自分自身を嘲《あざけ》る。

苦い気分をごまかすようにコーヒーに口をつけたが、もう、その味はよく分からなかった。

「はい、井荻です……はい。はい、そうですが……えっ⁉」

電話の応対をする母の声に緊張が走ったと同時に、僕はテレビを消した。音がなくなったリビングの中で、受話器を握り締める母の指が震えているさまを見て取る。

母の顔色は蒼白で、通話の内容を理解しているのかどうかも疑わしい。

僕は立ち上がり、指を震わせる母の手元から受話器を奪った。はっとした顔で僕を見上げた母を横目に、通話相手に向かって話しかける。

「すみません。母が、話をよく聞けていないようでしたので」

……言いながら、前にも似たようなことをしたなとふと思う。

そう、あれはエリナの母親が病院に運ばれたと、連絡を入れてくれたマルイさんと話したときだ――一度は忘れかけたはずの、エリナの母親の同僚だと言った彼女の顔が脳裏《のうり》に蘇《よみがえ》ってくる。

うっかり別のことに気を取られていた僕の耳に、動揺を滲《にじ》ませた男性の声が届く。はっとして、僕は現実に引き戻された。

『ああ、息子さんですか？　ええと、私は井荻さん……お父さんの同僚なんですがね、井荻さん、さっき怪我をされてね、今病院に……』

なにもかもが、エリナの母親のときと重なる。

だが、どうして僕ではなくて、父が。違和感を覚えつつも、運ばれた先の病院名と、電話をくれたその人の名前を聞いてから受話器を置いた。

「あ……文成、お父さん、お父さんが……！」

「落ち着いて。まずは病院に行くぞ、僕も一緒に行く」

「そ、そうね、そうよね。ええと、タクシーは……電話番号……」

完全にパニック状態に陥《おちい》っている母を横目に、僕は小さく溜息《ためいき》をついた。

きっと父は無事だ。直感でそう思ったが、根拠はない。混乱しながらも、コートを羽織《はお》って出かける支度《したく》をしている母に、そう伝える気分にはとてもなれなかった。


ほどなくして自宅前に到着したタクシーの後部座席に、母を先に乗せた。

僕は反対側から彼女の隣に乗り込み、運転手に目的地を伝える。震える手で口元を押さえ続ける母に、なんと声をかけてやればいいのか見当がつかない。僕は俯《うつむ》き、黙って座席に腰かけていた。

父が運ばれた病院は、エリナの母親が運ばれた県立総合病院ではなかった。

それを聞いたとき、なんとなくほっとした。静まり返った霊安室ばかりを連想してしまうあの病院に、自分の家族が運ばれたと言われたら、さすがにいい気はしない。

やがて、タクシーは大きめの交差点に差しかかった。

あとどのくらい時間がかかるんだろうと思ってふと顔を上げた、そのときだった。

「……え？　い、いや、ちょっと……！」

タクシーの運転手の、最初は掠《かす》れた、後半には悲鳴に近くなった声が耳を刺す。

続いて、クラクションが鳴り響いた。多分、タクシーの運転手が必死に鳴らしているのだと、一拍置いてから気づく。

後部座席からわずかに覗《のぞ》く運転席で慌ててハンドルを切ろうとする運転手の視線を追うように、僕は窓の外に視線を移し……そして。

「あ、文成……ッ‼」

悲鳴のような、母の声がした。

今日の母はなんだか泣きっ面《つら》に蜂《はち》だな、とぼんやり思ったと同時に、真っ赤なスポーツカーが窓に――いや、僕に突っ込んでくるさまが見えた。

血みたいな色だなと、場違いにもほどがあることを思った。

その直後、僕の視界はすぐにそのスポーツカーと同じ赤一色に染まり、そのまま意識がブツンと途切れた。

＊

夢を見ているのかなと、ぼんやり思っていた。

僕は延々と靄《もや》の中を歩いていて、何分、あるいは何時間経っているのかもさっぱり分からない。

辺りの景色はよく見えない。白と灰色の靄《もや》に包まれた道を、ただ進んでいるだけだ。

この道を歩き続ける必要があるのだろうかと疑問に思ったとき、不意に生き物の鳴き声が聞こえた。

……猫だ。それも聞き覚えがある。にー、と鳴くふてぶてしい声。

思わず辺りを見渡してその姿を捜《さが》していると、猫ではなく人の影が見えた。

くるくると巻かれた長い髪。短いスカート。耳元で揺れる派手なアクセサリー。

知っている人だ、とだけ思った。だがそれ以上のことははっきりと思い出せない。

見慣れている人のはずなのに、その人の名前が浮かんでこない。

『井荻』

人影に呼ばれた気がした。さっき聞いた猫の声と同じくらい、いや、それよりもずっと聞き覚えがある声だ。

振り返った途端、その人物の手が僕の胸に添えられる。

つい先日、確か、誰かに同じことをされた。

誰だったっけ。冷たい指の持ち主。白い布をめくる、白い指――そうだ、あれは。

胸に触れたままのその指を握る。

思い出した彼女の名を呼ぼうとして――その瞬間、唐突に視界が開けた。

＊

「……あ……？」

最初に目に飛び込んできたのは、さっきまで辺りを包んでいた靄《もや》とよく似た白。

ぼやけた視界が徐々にはっきりしてきて、規則正しく長方形に区切られているのが分かる。それが天井だと気づくまでに時間がかかった。

どうやらここは、僕の自室ではないようだ。

近くでガチャンと音がした。耳障《みみざわ》りだったから、僕は思わず顔をしかめる。音がした方向に顔を向けようとしたのに、どうしてか首がうまく動かない。

そこで初めて、おかしいと気づいた。

なにかで首を固定されている。小学生の頃にむち打ちになったとき、同じものをつけたなという記憶が蘇《よみがえ》ってきた。

僕、最近むち打ちになんて、なったっけ。

そもそもここはどこで、今なにをしているんだろう。

「え、あ、文成……待っ、せん、せんせい、看護師さ、あの、ナースコール、あ、えっ……？」

母親の声がした。ものすごく動揺していることが察せられる声音だ。どうしてかパニック状態のようで、支離滅裂《しりめつれつ》な言葉が口から飛び出している。

少しは落ち着けよと宥《なだ》めるつもりで口を開いたが、声は出なかった。母は僕が喋《しゃべ》りかけようとしたことにはまったく気づかずに、ベッド脇のボタンを連打している。

ナースコールに見える……ということは、ここは病院か。

ボタンを押す母の指が、妙に気になってしまう。

……指。得体の知れないなにかが、静かに、だが確実に胸につっかえた。

夢を見たような気がする。僕はその夢の中で誰かの指に触れて……なんだ、これ。

とても大事な夢だった気がするのに、はっきり思い出せない。思い出そうとすればするほど、その全貌《ぜんぼう》を包み込む靄《もや》が深くなっていく。

思考を遮《さえぎ》るようにまたガチャリという音が聞こえて、今度は女性がふたり近づいてきた。

「はーい、どうされましたか……あ、お目覚めですね」

「私、先生を呼んできます」

現れた看護師のうち、ひとりはすぐに部屋からぱたぱたと出ていった。

ほどなくして、看護師は白衣の男性を連れて戻ってきた。どうやら医師のようだ。眼鏡をかけた中肉中背の医師は、うちの父親よりも少し若く見えた。

「井荻文成さん。僕の声は聞こえますか」

医師の問いかけに、こくりと頷《うなず》いて答える。口を開いて「はい」と言ったつもりだったが、やはりさっきと同じで声は出なかった。

医師に話しかけられた直後、母親が慌てて病室を飛び出していったが、すぐに戻ってきた。父に連絡を入れたのかなと思う。そんなことにばかり頭が回る。

そのせいで、看護師たちが訪れる直前に考えていた夢の詳細は、完全に分からなくなった。仕方がない。これまでだって前の日に見た忘れかけの夢をきちんと思い出せた試しがないのだから。夢どころか、自分が今なぜこんな状態に陥《おちい》っているのかも、今日が何月何日なのかも思い出せないくらいだ……そう思った瞬間、どくりと心臓が高鳴った。

――今日は、何日だ？

「つ、あ……の」

医師に向かって手が伸び、同時に声が出た。

我ながらひどい声だと思った。ちっぽけな虫が死に際にあげる鳴き声みたいだなと自嘲《じちょう》しかけて、いや今はそれどころではないとすぐに気を取り直す。

医師が驚いたように僕を見て、耳を寄せてきた。看護師たちと母は、目を見開いて僕の顔を凝《ぎょう》視《し》していて、なんだか喋《しゃべ》りづらいなとばつの悪い気分になる。

「あ、今日、……何日、ですか」

しっかり声を出してみると、喉《のど》が異様にひりひりした。

しかも、喋《しゃべ》ったと同時に抉《えぐ》るような痛みが右腹を突き抜ける。声帯に直《じか》にリンクしているみたいだ。堪《たま》らず呻《うめ》き顔をしかめた、その瞬間。

「あん、アンタねえっ、そんなこと気にしてる場合じゃないでしょうがぁッ!!」

悲鳴のような母の声が耳を劈《つんざ》き、ぐらりと視界が揺れた。

僕の肩はいつの間にか母の手に掴《つか》まれており、そのままブンブンと容赦なく揺さぶられる。先ほどの比ではない激痛が脇腹を貫《つらぬ》き、ぐえ、とまたも死に際の虫みたいな声が出た。

痛《いて》えっつの、と叫んだ。今度はちゃんと叫べていたと思う。

医師と看護師が、三人がかりで母を止めにかかった。

たまたま見えた母の顔には、滝のように涙が流れていた。


母は医師と看護師に連れられ、部屋を出ていった。

医師が「話がある」と言っていたから、しばらくしたら戻ってくるのだと思う。さっき連絡を取っていたみたいだし、父もそこに合流するのかもしれない。

ひとり用の病室には、僕以外、誰もいなくなった。

『今日は三月三十日ですよ。ちなみに火曜日です』

部屋を立ち去る前、繋《つな》がれた点滴を確認しながら、看護師のひとりが苦笑気味にそう教えてくれた。

おおかた、学校のこととか友達との約束とか、そういうものを確認したがっているとでも思われたんだろう。だが、僕の頭を満たしていたのは、当然ながらそんな事柄ではなかった。

——死ななかった。生きている。

日付が分かった途端、絡まった糸がするすると解けていくように記憶が蘇《よみがえ》ってきた。もちろん、脇腹に走る、刺すような痛みの原因も含めて。

すなわち、三月二十五日……僕の人生のタイムリミットであったはずのその日に、なにが起きたのか。

「……エリナ」

ひとりきりだと思ったら、つい声が零《こぼ》れた。我ながら、まさに「零《こぼ》れる」という表現が似合いの、弱々しい呟《つぶや》きだった。

結局、僕はエリナの名前を一度も呼ぶことなく別れてしまった。生き残ってしまったことで、それは罪悪感とも後悔ともつかない苦々しさとなって僕の中に堆積《たいせき》していく。いまさら呟《つぶや》くように名を呼んだところで、なんの意味もないのに。

看護師から日付を聞いて、ぼんやりとしていた僕の三月二十五日の記憶は、ようやくはっきりとその輪郭《りんかく》を浮かび上がらせた。

僕は、前日に受けたエリナからの忠告を忠実に守ろうとしたのだ。三月二十四日——タイムリミットの前日に顔を合わせた彼女の、命令のような約束のすべてを。

思わず目を閉じたそのとき、引き戸が開く音がして、感傷に揺れかけていた気持ちが掻き消えた。

「お父さん、今日は会社早退するって。昼過ぎには家に着くみたいよ、それから来るって」

「……そう」

はあ、とひと息ついた母は、ベッドの下から丸椅子を取り出して「どっこらしょ」と腰をかけた。さっきまであれほど動揺していたわりに、もうそんな素振《そぶ》りを見せていない。切り替えが早い彼女の様子を見て、とても真似できないなと思う。

控えめに施《ほどこ》された目元の化粧が溶けかけており、派手に泣いてたもんな、と改めて思い出す。涙の痕《あと》のせいか、目尻に刻まれたしわが前よりも深く見えた。いや、そもそも僕が母の顔をまじまじと見たこと自体、とても久しぶりに思える。

顔を合わせることを特段避けていたつもりはないが、やはり僕は、心のどこかで後ろめたさを感じていたのかもしれない。両親が知らないところで、命に関わる秘密を持ち続けてきたことで、そういう感情が育っていたのかも。

「これからのことを先生と少し話してきたわ。……ところでアンタ、どう？　無理に思い出す必要はないけど、覚えてる？　事故のことは」

「ああ……なんとなく。細かいことは覚えてないけど」

「……そう。あの日アンタが『パート休め』って言って聞かなかったのは、今思えば虫の知らせだったのかもねぇ」

……確かに言ったな、と苦々しい気分になる。別にあれは、虫の知らせでもなんでもなかったわけだが。

赤いスポーツカーが突っ込んできた瞬間、見える光景がすべてスローモーションみたいになったことを思い出す。こんなのはドラマや映画の中だけの話だと思っていたのに、本当にこういうふうに見えるのか、と呑気《のんき》に思ったことも。

それから、これが僕の死の原因になるんだろうな、とも。

「文成が座ってる側に突っ込んできたのよ、あの車。脇見運転してたみたいでねぇ、しかも信号無視までして」

憤《いきどお》る母の声を聞き、そういえばと口を開く。

「あんたは怪我《けが》してないのか」

「まっ！　親に向かってアンタなんて言って……まぁ私はこの通りよ。首がちょっとむち打ちみたいになったけども、今は大丈夫」

「ふうん。親父は？」

「それがね、腕を掠《かす》っただけらしくて……家族の中で一番軽傷よ。まったくふざけてるわよね」

ふうん、と同じ返事をするに留めた。本当にふざけているのは父ではなく、事故を起こした人間だ。

脇見運転に信号無視……ふざけやがって、と思う。タクシーの運転手も同乗していた母も、スポーツカーの運転手もほぼ無傷。そんな中で僕ひとりが負傷、しかも意識不明の重態ときた。

仮に僕がこの事故で命を落としていたなら、両親ともにひどい後悔とやるせなさに沈んでいただろう……だが。

五日間、僕は生死の境をさまよったが、死ななかった。

生き残ることができたということだ。タイムリミットの先に、着地できてしまった。

「……あのね、文成」

母の声がして、ふっと意識が現実に戻る。

普段よりもトーンが抑えられた声だったから、きっと真面目な話が続くのだと想像がついた。

「なに」

「アンタ、小さいときに『僕、死ぬ日が分かるんだ』って言ってきたこと、あったでしょう。小学校に入ったくらいの頃」

思わず母の顔を凝視《ぎょうし》してしまう。

覚えていたのか、という純粋な感動を覚えた直後、先ほどまで感じていた後ろめたさが蘇《よみがえ》ってくる。「本当なら、どうして隠していたのか」となじられるのだろうかと一瞬身構えたが、母は予想に反することを話し始めた。

「あれ、もしかして今回の事故のことを言ってたのかしらって、ずっと考えてたのよ。お父さんもそのこと、ちゃんと覚えてたわ。アンタはお父さんには言ってなかったみたいだけど、お母さん、何回かお父さんにも相談してたから」

「……へぇ」

夜中に深刻な顔をして話し込むふたりの顔が、瞬時に脳裏《のうり》に蘇《よみがえ》る。

僕はあのときに、二度とこのことを誰にも言うまいと心に決めたのだ。僕が感じていたのは、どこまでものっぺりとした諦念《ていねん》のみだった。

母には、曖昧《あいまい》なことしか伝えられていなかったように思う。例えば十七歳の年にそうなるということや、事故か病気かも分からないせいで怖い、不安だということ……日付については、三月ということだけ伝えたのか、それとも詳細まで伝えたのか、すでに覚えていなかった。

僕の記憶に色濃く残っているのは、信じてもらえなかったという結果だけだ。

「……よく覚えてないな。昔のことすぎて」

頭の中を駆け回る言葉は大量で、そのうちのどれが飛び出してもおかしくなかったはずなのに、僕の口から零《こぼ》れた言葉はそれだけだった。

母はわずかに目を見開き、戸惑ったような顔を覗《のぞ》かせた。なにか言いかけては口を閉ざして、という仕種《しぐさ》を数回繰り返し、たっぷり十秒が経過した頃に「そう」と呟《つぶや》いて、それきりだった。

……誰にも理解されない悔しさなど一滴たりとも零《こぼ》さず最後の日を迎えるつもりだったのに、いまさら信じるなんて。

それも、僕の中にある気持ちのうちのひとつではあった。消化していた気でいたが、単に蓋《ふた》をしていたというだけだったらしい。両親に対するその気持ちは、僕さえ知らない間に心の底で堆積《たいせき》を続けていた。

だが、今になってからそれをふたりに叩きつけたところで、どうなるものでもない気がした。生死の境をさまよって、だが結果的にこうやって息を繋《つな》げられている。死ななかったという事実こそがすべてであり、それ以上も以下もない気がした。

そのとき、引き戸をノックする音がした。はい、と母が返すと、看護師が室内に入ってくる。

「すみません、ちょっと身体を起こしますね。体温測ります」

「あ……はい」

「午後から少し検査させてくださいね、疲れたらすぐ言ってもらっていいので。あ、それから昼ご飯……いやさすがに食事はまだ無理かな、ええと点滴は……」

看護師は手際良く僕の脇の下に体温計を差し込みながら、独り言なのか連絡事項なのか判断しづらい話を続けている。

その途中で、思い出したように母があっと声をあげ、看護師に尋ねた。

「ええと、その検査ってどのくらいで終わります？　この子の父親が、仕事を切り上げてこちらに向かってるようなんですが」

「ああ、そうなんですか。まだ身体が辛いでしょうし、休憩を挟みながらになると思います。時間はそうですね、午後の……」

……そうか。まだ昼か。

病院のカーテンは分厚く、しかも室内に時計がないから、気づかなかった。

母と看護師の会話を他人事《ひとごと》のように聞きながら、瞼《まぶた》を閉じる。先ほどまでなんとも思わなかったのに、急に眠くなってきた。疲れた気がして、僕は小さく息を吐く。

「あら、疲れた？　休んでてくださいね、なにかあったらこのボタンを押して呼んでください」

「文成、お母さん一度帰るわね。午後にお父さんと一緒にまた来るから」

ふたりの声がごちゃ混ぜになって一気に耳に入ってくるから、煩《わずら》わしくなった僕は首を動かすだけの返事をした。

妙に忙《せわ》しない雰囲気に満ちていた狭い病室は、ふたりが立ち去った後、すぐに静かになった。耳が痛くなりそうなほどの沈黙のせいで、今自分の意識が現実にあるのか、それとも眠りの中にあるのか、分からなくなりそうになる。

薄く開いた瞼《まぶた》は、すぐに閉じてしまった。

碌《ろく》に身体が動かないからか、頭ばかりがよく働く。頭も動かなくなってしまえばいいのに、考えはどんどん膨らんでいく一方で、僕は堪《たま》らず溜息《ためいき》をひとつ落とした。

……どうして死ななかったんだろう、僕は。

分からない。偶然だろうか。それとも、僕の能力は、ただの妄想だったとでもいうのか。

それより、これからどうしようか。怪我《けが》の具合よりもなによりも、そちらのほうがよほど重大な問題である気がする。

生きている。十七歳の年の三月二十五日以降を、途絶えていたはずのレールの先を、僕は生きてしまっている。

うまく受け入れられそうになかった。少なくとも、今はまだ。

うっすらと目を開くと、自分の指が目に入った。微《かす》かにさっきの夢のことが頭を掠《かす》めたけれど、やはり思い出せない。

諦めて瞼《まぶた》を下ろし、それきり僕の意識はふつりと途切れた。

＊

寝転がっているだけのときはあまり意識が向かなかったが、僕の全身は、至るところがひどい状態だった。

最も痛みが強い右脇腹をはじめ、足も腕も顔も縫合《ほうごう》の痕《あと》まみれ。それらを改めて目にしたとき、自分が呻《うめ》き声をあげてしまったほどだ。

母は見たのだろうか。とてもではないが、おいそれと他人に見せられたものではない。

顔もなかなかの状態になっていたが、「ある程度は元に近い状態に戻せると思います」と医師から説明を受けた。

耳慣れない医療用語について医師の口から説明されるが、少し身体を起こしただけで息が乱れるような状態の僕には、まともに話を聞いていられる余裕はなかった。目が覚めてからずっと頭がぼんやりとしているせいで、なにもかもうろ覚えだ。

きっと、医師も今すべてを僕に伝えようとしているわけではないと割り切り、分かることだけ受け入れた。現代の医療技術ってすごいな、と漠然《ばくぜん》と感心したことだけははっきり覚えている。

目覚めから一週間ほどは、さまざまな検査を受けた。

立ったり歩いたりすることに加え、食事や入浴など最低限のことが自分でできるようにと、リハビリも受けた。しばらくは、当たり前にしていたことができなくなっているという事実にショックを隠しきれなかったが、やがてはそれも薄れた。

リハビリを重ねるにつれ、人の助けがなくてもできることが増えていった。

入院生活が始まって一ヶ月弱、四月の中旬頃には、一泊のみではあったが一時的に自宅に戻る機会を得た。

病院から外へと一歩踏み出したとき、敷地のすぐ傍《そば》にある河原のほうから桜の花びらが舞い落ちてきた。

季節を感じられるような光景は、地上五階の僕の病室の窓からは碌《ろく》に追えないから、新鮮な気分になった。

知らない間に春が来ていたらしい。この街の桜は、ちょうど今の時期に咲くのだったなと、思い出した。

こういう春の迎え方は初めてだった。生き延びることがなかったなら絶対に見られなかった、春の訪れを告げる花の、淡い淡い、ひとかけら。

桜の季節はすぐに過ぎ、やがて同じ木々が青々と茂り始めた。

事故の前と変わらない身体状態に戻った頃には、季節はじめじめとした梅雨へと移り変わっていた。

――そして、退院当日。

梅雨の時期には珍しく、雲の切れ間から日差しが覗《のぞ》いていた午前十一時、僕は両親とともに病院を後にした。

『様子を見ながら、検査とリハビリを定期的に続けていきましょう』

『無理だけはしないように』

病院を出る前、担当医に言われた言葉を思い出す。

なぜか僕に代わって「はい」と返事をしていた母が途中で泣き出したため、見送りに来てくれた担当医と看護師に「すみません」と父と一緒に頭を下げた。

松葉杖はリハビリをしているうちに取れていたが、たまにフラフラと足がもつれることがまだあるから、慎重に歩を進めていく。

父が運転する車の後部座席に乗り込むと、溜息《ためいき》がひとつ零《こぼ》れた。

……今から家に帰るという実感がまだ湧《わ》かない。家に帰ること自体にというよりは、これからの生活に対する実感がない。多分、そう表現したほうが正しい。

昼も夜も、食事は母が作ってくれた。

僕の好物ばかりが並ぶ食卓を、父と一緒に苦笑いして眺める。自分の好物を口に出して母に伝えたことなど、ほとんどなかったのに。

料理好きでもないはずの母が、今日はとても張り切っているように見えた。

それだからか、決してまずくはなかった病院食よりも美味《おい》しい気がして、箸が止まらなかった。

＊

事故に遭《あ》い、生死をさまようような重篤《じゅうとく》な怪我《けが》を負ったものの、意識が戻って以降の経過はそう悪くなかったらしい。

僕の状態は、以前と遜色《そんしょく》ない日常生活を送れる程度にまで戻っていた。

六月下旬。徐々に日差しが夏の気配を宿していく中で、僕の心だけが、いつまでも環境についていけていない。

身体が元通りに動くようになればなるほど、心との距離が開いていく。

僕の心は三月二十五日――いや、三月二十四日に置いてきぼりにされたきりで、いつまで経っても月日の経過に追いつけない。

母は、僕の退院後すぐに仕事に復帰した。僕がまだ学校に行けないことを除いて、三月二十五日以前となにも変わらなくなる。

考えることは山積みだ。生き残ってしまった以上、生き続けていかなければならない。それなのに、僕はどうすればいいのか、いつまで経っても分からない。

自室でひとりきりで過ごす時間は、僕の思考を大いに乱すばかりで、碌《ろく》な進展が望めなかった。

エリナはどうしているだろう。最近はそればかり考えてしまっている。

身体が思うように動かないうちは、自分自身のことだけで精一杯だった。だが、その問題がある程度解決した今、僕の頭に最後に残るのは必ずエリナのことだ。なにをしていても、なにを考えていても、今日もまた僕はそこに辿《たど》り着く。

スマートフォンを握り締めては、電話をかけようか迷う。散々悩んだ挙句《あげく》、電話は無理でもメッセージならと思って、結局、それもできずに僕は端末を手放して……それを何度繰り返したか分からない。

それでも、一度はちゃんと連絡を入れた。一時退院で自宅に戻った四月、久々に手にした端末からメッセージを送ったのだ。

エリナは気にしているかもしれない。心配してくれているかもしれない。だから、無事に生きていることを知らせたかった。

自分から送る初めてのメッセージだったからものすごく緊張して、たった三、四行を打ち込むために一時間以上かかった。

だが、エリナからの返事は、いつまで経っても届かなかった。

一時退院が終わってからは病室にスマートフォンを持ち込み、しぶとく待ち続けて、五日目にとうとう諦めた。

それ以降は、自分から再び連絡を取る勇気なんて、すっかり消え失せてしまった。

返事ひとつくれないエリナを責めてしまいそうで怖くなり、それ以降は一度もエリナの連絡先を表示させられずにいる。

生き残れたからといって自分が変わったわけではない。所詮、僕は僕なのだ。

今もなお、受け身で身勝手な臆病者。

＊

煮えきらない心境を抱えたままで、僕は六月の末から学校に復帰していた。

皆から遅れて始まった高校三年生の生活に、最初は不安があったもののすぐに慣れた。

通学路の途中に位置する神社の前を通過するたび、エリナと過ごした最後の時間を思い出してしまう。

『井荻に死んでほしくないよ』

『カッコ悪くてもいいから、生き残ってよ』

笑うエリナの顔を思い出しては、胸を軋《きし》ませてしまう。

『私はもう井荻の傍《そば》からいなくなるけど』

エリナのことがこれほど気になる理由は、あの言葉が胸に突き刺さったままだからなのだと思う。エリナはもう僕と会うつもりはないという意味で、あの言葉を口にしたとしか思えなくなっていた。

だからこそ、電話はおろか、メッセージの再送信ひとつできない。

拒絶されるのが怖い。自分はあれだけエリナの干渉を拒絶したり無視したりしていた癖に、いざ逆の立場に置かれたらこれだ。自分のずるさと打たれ弱さには辟易《へきえき》してしまう。

鳥居の前を、僕は意識して早足で通過する。

この神社にはもうミケはいないし、学校にはもうエリナはいない。息苦しい。今の僕にとって、エリナとの思い出が数多く詰まったこの場所を直視することは、あまりに辛かった。

ひとりで登校し、下校する。

すっかり昔の自分に戻ってしまった。その癖、昔の自分とはなにもかもが異なる状態で日々を生きている。

タイムリミットの後のことなんて、考えたこともなかった。

今したいことも、将来の設計も、なにもかもがからっぽの状態だ。最も身近な例を挙げるなら、今後の進路についても。さまざまな可能性が唐突に現れて、僕は戸惑うことしかできない。

将来なりたいもの、夢。そういうものはすぐには思い浮かばない。

ただ、もし叶うことなら、エリナに生きていることを報告したかった。確認してもらえたかどうか定かではない無機質な文字の羅列《られつ》ではなく、直接言葉を交わして——できることなら顔を合わせて、きちんと。

現時点で思いつくものはそのくらいしかなくて、苦笑してしまう。

エリナは驚くだろうか。喜んでくれるだろうか。それとも、最後に顔を合わせた日のように、僕に背を向けたきり二度と振り返ってはくれないのだろうか。

……初めて自分から送ったメッセージに彼女からの返事がなかったことは、思った以上にショックなできごとだったみたいだ。

エリナのことを考え始めると、最後には必ず辛い想像に辿《たど》り着いて、立っていられなくなりそうになる。けれど、どんなに苦しくても、僕は日々を暮らしていかなければならない。

今日もいつも通り、僕はひとりきりで校門をくぐった。

担任に声をかけられたのは、二時限目の授業が終わった直後のことだった。

『井荻くん。放課後、ちょっと時間をもらえるかな』

七月に突入し、いよいよ鮮《あざ》やかな夏の気配を感じるようになった。

つい先日、やっとじめじめした梅雨が過ぎたと思っていたのに、月日の流れは早い。少なくとも、今の僕にとっては。

呼び出しの理由は早々に見当がついた。多分、先日提出した進路希望調査票の件だ。

先日、提出を義務づけられていたそれに、僕は二年の終わりに書いたものとは異なる大学名を記入したのだ。

今まで僕の進路について深く関わりを持とうとしなかった担任が、急にどうしたんだろう。訝《いぶか》しく思い、つい眉根が寄ってしまう。

すべての授業が終わり、放課後。担任は直接僕の席にやって来た。

声をかけられ、向かった先は進路指導室だった。やっぱりなと思う。

自席の机とは異なる広いテーブルに、やはり自席の椅子とは異なるくるくると回るタイプの椅子。それらをぼうっと眺めていると、担任に腰かけるように促《うなが》され、僕は軽く会釈《えしゃく》をしてから席に着いた。

「さて。予想はしてると思うんだけど、進路に関することで訊《き》いておきたいことがあってね……最近決めたの？」

「はい」

「前に書いていた学校と違うけど、それはどうしてか訊《き》いてもいいかな。二年生のときは県内の大学を志望していたよね……随分《ずいぶん》と都会のほうの学校を選んだんだね?」

「……そこのほうがいいと思って」

当たり障《さわ》りのない返し方しかできず、もどかしくなる。

担任は僕の困惑に気づいたらしく、曖昧《あいまい》に口元を緩めて続けた。

「学部の志望も変わってるね。前は経済学部だったけど、法学部か」

「はい。春休み中に考え直しました。……思ったより時間が取れてしまったので」

入院、ひいては事故の件をほのめかすと、担任はうん、と呟《つぶや》いたきり押し黙った。

「以前はまだなにを学びたいか明確に定まっていなくて曖昧《あいまい》だったんですが、休んでいる間に少しずつ考えがまとまってきて」

探るような視線を向けられている気がして、ばつの悪い気分になってくる。

冬の調査票に記入した志望校が適当に書いたものだとは、さすがに伝えにくかった。僕がやる気なく生きていた理由なんて、今となっては誰にも通用しないだろう。

「……そうか。前の志望校よりも偏差値が高いけど、君なら今からでも、気を抜かずに頑張れば大丈夫だと思うよ」

「はい」

「ええと、要らなかったら処分してもらってもいいんだけど。参考になればと思って僕なりに準備してみたんだ、良かったらどうぞ」

差し出されたものに驚き、担任のネクタイの結び目に焦点を合わせていた視線がつい上向いた。彼の手元には、ダブルクリップでまとめられたプリントが数束。困ったような顔で笑う担任と目が合う。

……なんだ、これ。

相当ぽかんとした顔を晒《さら》してしまったに違いなかった。手元のプリントの束をトントンと机で整えながら、彼は続ける。

「一学期の大半を休んだ分、出遅れたことを悩んでるんじゃないかと思って。井荻くんは塾に行ってないんだよね？」

「ええ……まぁ」

「ただのお節介だから、要らないなら要らないで構わないんだ。ただ、もし悩みがあるならひとりで抱え込まないでほしくて。もちろん、これから新しい悩みが出てきたとして、そのときにもね」

微笑みながら、担任はそう言った。この部屋に移動してきてから、いや、彼が担任になってから聞いた中で、一番穏やかな喋《しゃべ》り方だった。

どんな顔をすればいいのか迷った僕は、差し出されたプリントの束を受け取ると、それを見つめた。

クリップで留められた束ごとにパラパラとめくって眺めたところ、第一志望として記入した大学の資料に加え、そこの法学部と類似したことが学べる他の大学に関する資料がまとめられていた。

……別にいいのに、と思う。なんでわざわざ時間を割《さ》いて、ここまでしてくれるのだろうとも。短い人生でほんの少し関わっただけの人としか認識していなかった担任の、控えめなお節介。もしかしたら今までもあれこれと気に懸《か》けてくれていたのかもしれないと思ったら、途端に居心地が悪くなって思わず俯《うつむ》いた。

この人だけではない。主治医、看護師、母に父……皆そうだ。僕が思っているよりも、皆、僕にまっすぐに向き合ってくれている。

背を向けていた、あるいはわざと視線を落として見えないふりをしていたのは、いつだって僕のほうだった。きっと。

僕は面倒なタイプの問題児だっただろうなと、改めて思う。なにを考えているかよく分からないのに、成績ばかりはまとも。今思えば、さぞかし接しにくい生徒だったはずだ。

そんなことを考えていると、担任が優しい口調で尋ねてきた。

「身体の具合はもう大丈夫なのかな」

「あ……はい」

「そうか、無理はしないようにね。困ったことがあったらいつでも相談して」

合わせる顔がなくて俯《うつむ》けていた顔を、勇気を出して上向けた。

「……ありがとうございます。相談も、こちらの資料も」

視線を合わせてから頭を下げると、彼はわずかに目を見開いて、それから気が抜けたような笑みを覗《のぞ》かせた。

席を立ち、教室よりもこぢんまりとした部屋から退室した後、僕は小さく息をついた。

厳しいことを言われるとばかり想像していたのに、思わぬ親切心に触れてしまった。

なんとなく気まずさを覚え、手渡されたばかりの資料の束を取り落としてしまいそうになる。

僕が志望校を変更した動機は、もっと単純で、さらには少々不純なものなのに。

昇降口まで移動してから、とんと壁にもたれかかる。

……最後にエリナと会った三月二十四日、駅まで彼女を送っている最中のことを思い出していた。

あのとき、僕は改札の前で、たまたまエリナの鞄《かばん》から飛び出してきた生徒手帳を拾い上げた。

僕らが一緒に通っていた学校よりも遥《はる》かに敷居が高そうな、女子高のものと思《おぼ》しき手帳。エリナは落としたことに気づいていなくて、彼女が振り返る前に、僕は彼女の氏名を探した。

稲川ではなくなったエリナの名字を、僕は、あのときに初めて知った。

なにごともなかったような顔を作って、彼女に手帳を手渡した。バレてしまうだろうかと冷や汗をかいたが、エリナは気づかなかった。「ありがとう」とぼんやり口にして、直後、僕のそれなど比較にならないほどに痛々しい作り笑いを覗《のぞ》かせた。

柄《がら》にもないことを言うようだが、彼女の現在の名字を知りたかったのは、願掛け……というか、おまじないのつもりだった。

もし死なずに済む未来が訪れるなら、僕が知らないエリナのことを知りたいと思った。新しい名字だけでなく、もっと彼女について知ることができるように、彼女の命令をきちんと守って生き延びようと藻掻《もが》くための勇気がほしかった。

退院した後、母親が仕事に復帰して、ひとりぼっちの家で療養という名の時間潰しに明け暮れる中、僕は自分のスマートフォンに手を伸ばした。

エリナの父親は、名の知れた大企業の社長だという。そして、エリナの新しい名字が判明している。彼女の居場所は、調べようと思えばいくらでも調べられた。

だが結局、区名まで辿《たど》ったところで手が止まってしまった。まるでストーカーみたいだなと、嫌気が差してしまったからだ。

……担任は気づいただろうか。

僕が選んだ大学の学部——そのキャンパスが、彼女が越していった街にあるということに。彼がエリナの転出先を知らないとは思えなかった。彼は、僕だけでなくエリナの担任でもあったのだから。

エリナに会いたいと思う。本当なら今すぐにでも。

だが、今の僕では会いに行けそうにない。僕は臆病者で、メッセージの返事がなかったことへのショックをいまだにズルズルと引きずっているような弱い生き物で……だから、もう少し先延ばしにしたかった。

だいたい、まだエリナのことを考えている時点で、僕は自分でも信じられないくらいに諦めの悪い人間なのだと思う。

それなら、せめてエリナに背を向けられたとしても、折れてしまわないくらい強さを身につけてから会いに行きたかった。

……だから、あと、一年だけ。

昇降口を出た途端に西日が目を焼いた。思わず細めた目を無理やり開き、僕は顔を上げ、一歩を踏み出した。

第8章　眠りに沈む恋文

『お米、昨日送ったからね。ちゃんと自炊はしてるの？　まさか前に送ったのが袋のまま残ってるなんてことは』

「炊いてます大丈夫です、それだけ？　今から学校行って、その後バイトなんだけど」

『バイト!?　アンタはまたそんなことばっかり……帰省したと思ったらすぐそっちに戻ったのはそのせいね!?　夏休みだからってなまけないでちゃんと勉強してるんでしょうね、学業に支障が出てるなんてことは……』

「ああはい、またかけますね」

『ちょっと待ちなさい文成、こら!!』

なにか続きそうな感じだったが、母からの通話を一方的に切った。

こんなにも過保護だっただろうか、うちの親たちは。あんな事故があった後だからというだけのことかもしれないが、特に母は予想を超えるところまでグイグイと踏み込んでくる傾向があるから、戸惑うことも多い。

溜息《ためいき》をひとつ零《こぼ》し、僕は支度《したく》をして家を出た。

夏季限定の短期受講の授業で課されていたレポートを提出するため、電話で母に伝えた通り、まずは学校に向かう。学校に近いアパートに住んでいるから、学校までは歩いて五分ほどで着いてしまう。

——高校を卒業し、第一志望の大学に無事進学を決めてから間もなく半年になる。

本当に、エリナがいる街に来てしまった。

生まれ育った地方の都市を飛び出して、身近に誰も知り合いがいない状態で始めた新生活だったが、なんだかんだ真っ当に暮らしているつもりだ。

ひとり暮らしの生活にも、だいぶ慣れた。

人とのやり取りが苦手な僕が、果たして人の溢《あふ》れるこの街でうまくやっていけるのかと躊躇《ちゅうちょ》した時期もあった。だが、「人とのやり取りが苦手な僕のような人」も一定数いることを知って以降、だいぶ気が楽になった。あれこれと横槍《よこやり》が入りやすい田舎特有の空気がある地元より、暮らしやすいと思う。少なくとも現時点では。

……終わりを目指す生き方から、終わる日が分からないまま日々を過ごす生き方になった。そのやり方に、ようやく僕も慣れてきた。

いつ死ぬのか分からないのに、前を向いて生きている。そのことを不安に思うこともあった。

いざ死という現実を突きつけられたら、どれだけ頑張ってもなにもかもが無駄になってしまうのではないかと。

だが、誰だってそうだ。

皆、いつ死ぬか分からない状態で生きている。むしろ、だからこそ生きていられるのだと思う。前を向いて歩き続けていくことは難しい。毎日楽しいことばかりではなくて、むしろ苦しいことや泥臭《どろくさ》いことばかりで、嫌気が差すこともたくさんある。

でも、タイムリミット以前の自分だったら、絶対に得られなかったものに満たされていく感覚も、確かに存在している。

去年の三月二十四日以来、僕はエリナと一度も会っていないし、僕が一度きり送ったメッセージをエリナが確認したのかどうかさえ分からない。

もしかしたら、僕との連絡を完全に断つために携帯電話を解約したのかもしれない。エリナなら、二度と会わないという覚悟が本当にあれば、そのくらいのことはしそうだ。

あるいは、僕が死んだものと思っているだけだという可能性もある。

エリナが僕に会いたくないと思っているかどうか、答えがはっきり出ていないから、僕はその隙につけ入ってこんなにも未練たらしいことをしている。

高校時代の、恋人でもなんでもなかった女の子のことが忘れられなくて……だなんて、馬鹿みたいだと思うし、もっと言うなら気持ち悪いとも思う。

それでも、どうしても会いたい。今こうやって前を向いて生きている僕を、エリナに見てほしかった。

エリナは今、新しい街で新しい人間関係を築いて、楽しく日々を送っているかもしれなくて、それでも僕は彼女に会いたかった。たとえエリナが、僕のことなんかすっかり忘れてしまっているのだとしても。

……そう思ってはいるのだが、ここまで来てもなお僕は勇気を出せず、気づけばもう九月だ。八月の頭から始まった夏季休暇も、間もなく終わる。

こんなに長い夏休みがあるのかと浮かれたのは最初の二週間程度で、帰省したりひとしきり堕《だ》落《らく》した生活を満喫したりした後は、僕は飲食店でのアルバイトに明け暮れていた。

ほしいものができたからだ。バイクで通学している同級生を見かけ、憧《あこが》れた。そういう感覚も、僕にとってはあまり馴染《なじ》みのないことで、悪い気はしない。

現状、貯金額はまだまだ足りていない。新しくスマートフォンの契約をしたり服を買ったりと、手元に余分に金があるとつい使ってしまう。金を貯めるということは難しいなとつくづく思う。これも、ひとりで暮らしていなかったら知り得なかった感覚なのだろう。

アルバイト先には同じ大学に通う先輩が数人いて、始めてすぐの頃に、そのうちのひとりにえらく気に入られてしまった。

特別なことをしたつもりはないのだが、世の中本当にいろいろな人がいると思う。地元に残っていたらこんな感覚は味わえなかったかもしれない。いや、案外気の合う人との出会いは、どこにでも転がっているのかもしれないが。

「あっ！　おーい、井荻ー！」

研究室前の廊下を歩いていると、聞き覚えのある声に呼び止められた。

「アルバイト先にいる同じ大学に通う先輩」のひとりで、僕のなにが気に入ったのか知らないが、ことあるごとに構い倒してくる例の人物だ。

「こんにちは、結城《ゆうき》先輩」

「おう！　……あー、レポートか、明日までだっけ？　その授業、俺も受けててさぁ」

「知ってますよ。見ます？」

「えっマジで？　井荻くん超優しい……丸写ししちゃってもいいのかな？」

「駄目に決まってるでしょう」

だいたいいつもこんな感じだ。

立ったままの応酬《おうしゅう》は、廊下の横にあるベンチに勝手に移動していく相手につられ、結局座って続けることになった。

結城先輩は、同じ学部の三年生だ。賑《にぎ》やかで自由な人なのだが、なんとなく憎めない。

この人と話していると、高校時代のエリナとのやり取りをつい思い出してしまう。恋とも呼べないような高校時代の恋をいつまでも引きずって、他人に重ねそうになっている自分は、どうしようもない奴だという自覚はあった。しかも、ふたりは性別さえ一致していない。

「……なんですかそれ。新聞？」

結城先輩の手元には、いくつか、それぞれ発行元が異なる新聞があった。

新聞なんて読むタイプには到底見えないから、不思議に思う。その内心が声に滲《にじ》んでしまっていたようで、結城先輩は「そんなに意外かよ」と苦笑いしながら、これ見よがしに一部を広げ出した。

「いやほら、なんつうか、シューカツ準備っつうか……もうすぐ四年だしなぁ。そりゃ俺だって新聞くらい読みますよ、たまには」

「ふうん」

「『ふうん』じゃねぇよ、まったくもって興味なさそうな声出しやがって、この野郎」

笑いながら言われるから、多少汚い言葉を使われても、不安も恐怖も感じない。

……どうやら話が長くなりそうだ。この人に絡まれるといつもそうなる。苦笑が滲《にじ》みかけたそのとき、ふと、結城先輩が握っている新聞に目が留まった。

「……あ」

ひとつの記事に釘づけになる。

すみません、と声をかけて彼からその新聞を受け取り、凝視《ぎょうし》した。

ある企業の運営方針を紹介する記事のようだった。

見出しとともに会社名が記載されている。スーツ姿の男性がなにかを喋《しゃべ》っている写真が紙面の中央に大きく掲載されており、その横の「社長紹介」と銘打たれた箇所には、彼の氏名とプロフィールが記されていた。

見覚えのある会社名。見覚えのある名字。そして、見覚えのある顔のスーツの男性——新聞の白黒写真の中でその人が見せる穏やかな表情が、ある人物のそれに重なる。

一年半ほど前、地元の総合病院で人目を憚《はばか》らず大泣きをしていた壮年の男性と。

——エリナの、父親だ。

「……どした？」

食い入るように記事を見てしまっていたらしい。

はっとして顔を上げると、ぽかんと僕を眺めている結城先輩と目が合った。

「なに、この記事がどうかしたのか？　珍しいな、お前がそんな顔すんの」

僕はどんな顔をしていたのだろう。そう思ったら急に居心地が悪くなった。

結城先輩は決して悪い人ではないのだが、僕をからかって反応を楽しむという困った癖がある。この人の前では、話のネタにされてしまうような醜態《しゅうたい》はあまり晒《さら》したくない。

「ええと……昔、お世話になった人、というか」

「えっ、この人？」

「……いや、その」

どこまで話して聞かせたものか、少々迷った。この人にそこまで立ち入ったことを明かしていいものかどうか、判断がつかない。

僕にとって人との距離の取り方は、まだ得体の知れない部分が多すぎる。特に結城先輩のように、それなりに付き合いがある相手とのそれが最も難しい。

迷いも相まってしどろもどろになった僕に結城先輩は、それ以上突っ込んだ質問を投げかけてはこなかった。

「この会社ならここから近いし、行きたいんならすぐ行けるぜ？」

「……え？」

「いや、昔世話になったんだろ。礼がしたいとかいう話じゃねえのか？」

……意外にも、真面目な助言を賜《たまわ》ってしまった。

僕が本気で嫌がることを、結城先輩はしないのだ。だからこそ、自分とは真逆に思える性格なのに、他の人間よりも気を許してしまう。

もう一度新聞を眺める。やはり、見間違いでは、ない。

エリナと関わることに対して、これまで抱え込んできた躊躇《ちゅうちょ》や不安が、自分でも驚くほど簡単にほぐれていく。

「ありがとうございます。ええと、控え……ペンとメモ……」

「スマホ使って調べればいいだろ。いやお前ホントいつまで経ってもアナログだなぁ、かーわいー」

「っ、機械苦手なんですよ……こっち見ないでください」

赤くなっているであろう顔を背けながら、鞄《かばん》からスマホを取り出し、会社の所在地を調べる。

夏季休暇が始まって間もない頃に購入した新しい端末にも、だいぶ慣れてきた。だが僕の場合、なにかを調べたりメモしたりするときに、そもそも「スマホを使う」という選択肢が思い浮かばないことが多い。

結城先輩にとっては、そういう姿も面白おかしく映るみたいだ。去年まで田舎暮らしの高校生だったんだから仕方ないだろ、と毒づきたくなる。

「ちょっと行ってきます」

「えっ今から!?　レポート出しに来たんじゃねえのお前!?」

「貸してほしいんでしょ。ほら、どうぞ。明日、絶対返してくださいよ」

ベンチに置いておいたレポート入りのクリアファイルを、結城先輩の手元に放る。

「ちょっとちょっと、急に扱いが雑では!?　あと、お前、今日確かバイト……」

「……あー……歩きながら休みの連絡入れます」

「休んでまでそっち優先なの!?」

彼は悲鳴じみた声をあげ、あたふたとレポートをキャッチした。その様子を確認してから、僕は「では」と席を立った。

「うっは、たまに行動力すごいことになるよなぁお前！　今日のバイトのシフト、お兄さんが代わってやるからゆっくりしてこいよ！　気をつけてなー!!」

背後から、高らかに笑う結城先輩の声がする。

彼は他の先輩連中と違って、自分が年上であるという理由だけで上の目線に立たない。そういうところが憎めないし、嫌いにはなれない理由のひとつなのだと思う。

振り返り際に「ありがとうございます」と返事をしながら、つい口元が緩んだ。


大学の構外に出るまでの道中で、地図を検索する。

結城先輩が言った通り、エリナの父親の会社は、学校からさほど遠くない場所にあった。ひと駅分程度といったところか。このくらいなら歩いて行けるだろう。

時刻は午後二時を少し回ったところだ。スマホを片手にこまめに地図を確認し、歩を進める。心が逸《はや》って仕方なかった。

結城先輩にも言われたが、たまに行動力がすごいことになる、という点はあながち間違っていないと思う。

これは事故の後に新しく知った自分の一面だ。元々、僕はこういうタイプの人間だったのかもしれない。タイムリミットを知っていたがためにすべてを諦めていた高校二年生までの人生が、ふと惜しくなることがある。

それはそれとして、あのエリナが今や大企業の社長令嬢なのかと思うと、不思議な気分になる。

彼女は幸せにしているだろうか。

先ほどの記事を走り読みして知ったが、エリナの父親は結婚をしておらず、独身を貫《つらぬ》いているとのことだった。

すでにこの世を去ったエリナの母親と彼との間にどんな事情があったのか、僕には知る由《よし》もない。だが、あの薄暗い霊安室でエリナの名を呼んだ彼の様子から考えるなら、彼はきっとエリナのことを大切にしているだろうと思う。

十五分ほど歩いたところで、目的の場所に到着した。

……大きなビルだ。思わずスマホに表示された画像データと見比べてしまう。

間違いなくここだ。特にアポイントメントを取っているわけでもない一介の大学生が、ひょいと顔を出して唐突に面会を申し出ていいような雰囲気では、とてもない。

就職活動なんてまだまだ先のことだし、僕はさして企業情報というものに明るくない。さまざまな会社の名前を聞いても碌《ろく》に記憶することがなかったこれまでの自分が、急に憎らしくなってくる。

とはいえ、ここまで来てしまったのだ。受付のスタッフに声をかけるくらいはしてもいい気がした。もしすぐに面会ができないなら、今日アポイントメントを取ればいい。得体の知れない大学生にそんなことができるかどうかは分からないが。

意を決して自動ドアを通り抜ける。受付に立つふたりの女性スタッフが、すっとこちらを見た。

丁寧に会釈《えしゃく》をされ、そこでようやく自分の服装の場違いさに気づいた。

Tシャツと薄手のパーカーとジーンズ、足元は薄汚れたスニーカー……さすがにこれはないよな、と頭を抱えそうになる。無鉄砲にここに向かってきた自分を呪いそうになったが、今から引き返すほうがよほど不審だ。震えそうになる足を叱咤《しった》し、僕はカウンターに向かった。

いらっしゃいませ、と声をかけられ、社長に会いたいという旨《むね》を伝える。

予想はしていたが、受付の女性はふたり揃《そろ》って困惑気味に顔を見合わせた。途端に居《い》た堪《たま》れなくなり、僕は足元に視線を落とす。

「ええと、面会のお約束などは……」

「あ……いえ。その、そういうのはしていないんですが」

しどろもどろに話す。

困ったような顔をするふたりを前に、いよいよ胃の辺りがぎりぎりと痛み出したときだった。

「あ、社長……！　お帰りなさいませ」

「お帰りなさいませ」

慌てた様子で会釈《えしゃく》をするふたりの、声の先を視線で辿《たど》る。振り返りざまにその人物と目が合い、僕は思わず、あ、と声を零《こぼ》した。

社長――エリナの父親だ。

彼もまた、僕の顔をまじまじと眺めて、それからわずかに目を見開いた。

「……これは驚いたな。久しぶりだね」

「あ……は、はい」

「知り合いなんだ。悪いがお茶を用意してもらえるかな」

「は、はい。ただいまお持ちします」

話の後半が受付のふたりに向けられていることに、一拍置いてから気づいた。

エリナの父親に促《うなが》され、ロビーのソファに彼と向かい合って腰かける。ロビーに他のスタッフや客の姿はなく、ほっとした。傍《はた》から見たら、あまりに異質な組み合わせに見えただろうから。

温和な表情を向けられ、僕はつい視線を下げてしまう。

エリナの父親は、過去に一度だけ顔を見たときとは、まるで別人だった。あの日の彼と今日の彼では、スーツ姿であること以外、一致している点がない気がする。僕が知るこの人の姿は、霊安室の床に膝をついて泣いている姿だけだ。

だが確かに、あの日の彼の面影《おもかげ》はあった。

先ほどの受付スタッフが運んできたお茶は、先に僕、それからエリナの父親にという順で出された。僕は今、エリナの父親――この会社の社長の客人として扱われているのだと、改めて認識させられる。

「さて、どういったご用件だろう？　就職活動……というわけではさすがになさそうだな。大学に進学したのかい？」

「は、はい。ここから近くの……」

大学名を伝えると、彼は少しばかり視線を下げて「そうか」と口元を緩め、運ばれてきたばかりのお茶を口に含んだ。

小さな沈黙が落ちる。手持ち無沙汰な僕に今のこの沈黙は少々息苦しくて、真似るように僕も湯呑みに手を伸ばした。

急に訪ねてきたのは僕なのだから、用件は自分から切り出すべきなのだと思う。ましてや、相手は僕とは比較にならないほど忙しいだろう人物だ。こんなふうに時間を割《さ》かせていること自体が申し訳なくなってくる。

手にした湯呑みを握る指に、わずかに力を込めたとき、エリナの父親が沈黙を裂いた。

「もしかして、娘に会いに来てくれたのかな」

はっとして顔を上げる。

同時に、はい、と掠《かす》れた声が零《こぼ》れた。我ながら、どこまでも弱々しい、自信のなさそうな声だった。

もどかしい。もっと伝えるべきことがあるのではと思うのに――ここまでの道を歩きながらいろいろと考えていたはずなのに、どれもがすっかり頭から抜け落ちてしまっていて、僕はそのことを苛立たしく思って……だが。

「良かった。会ってあげてほしい、衣梨奈も喜ぶだろう」

思わず目を見開いた。

予想していなかった言葉を返され、ぽかんとしてしまう。こんな普段着姿で突然訪ねてきて、失礼な振る舞いをしてしまった僕にかけるには、違和感がある言葉だという気がした。

どこか地に足がついていないような心境を抱えていると、この後の予定を尋ねられる。アルバイトを代わってくれた結城先輩に感謝しながら、なにもないことを伝えた。

エリナの父親は頷《うなず》いてから立ち上がると、受付スタッフに運転手の手配を頼んだ。

車で移動するということだろうか……これから？　先ほど感じた違和感が少しずつ燻《くすぶ》り出す。

電車で帰れる場所ならいいけどと考えた後、なぜそこまでしてくれるのだろうと思う。

そして、エリナの父親に案内されるまま、ビルの隣の立体駐車場へやってきた。

「ここから十分もかからないが、早いほうがいいだろう。行こうか」

……含みのある言い方だと思った。同時に、その先にあるものから目を逸《そ》らしてはならない気がした。

はい、と掠《かす》れた返事をして、僕はエリナの父親と一緒に車の後部座席に乗り込んだ。

移動中、エリナの父親はなにも喋《しゃべ》らなかった。もちろん運転手も。

ひと目見ただけでよく僕を判別できたな、と、居心地が良いとは決して言えない車内で改めて思う。

僕らはほとんど初対面だ。だというのに、エリナの父親はわざわざ勤務中に時間を割《さ》いてまで、僕をエリナのもとに連れて行こうとしている。

向かっている先はどこだろう。普通に考えるなら自宅なのだと思う、だが。

『会ってあげてほしい』

『早いほうがいいだろう』

交わした会話が頭を過《よ》ぎる。彼の言い方が引っかかって仕方なかった。

なんだ、これ。一度燻《くすぶ》り出した違和感は、すでに胸を隙間なく覆《おお》い尽くして、ぞわぞわと僕の不安を煽《あお》りながら這《は》いつくばっている。

前にも似たような感覚を抱いたことがあった。だがこれ以上、それらの正体を追いかけてはならない気がした。理由は分からない。直感でしかない。

僕は窓の外に視線を向け、見たいわけでもない景色を眺めることで沈黙をしのぐことにした。深く考えてしまう隙を、今の自分の頭に与えたくなかった。

到着した先は、名前くらいなら誰もが知っているだろう有名な大学病院だった。

……こんなところに、どうして、今。ぞわりと背筋が粟立《あわだ》った。

腕時計を確認する。午後四時手前だった。

エリナは今、ここで働いているということだろうか。だとしてもおかしい。こんな時間に、しかも勤務時間中のはずのエリナの父親が、わざわざ私的な用事で僕をここに連れてきたとは考えにくかった。

エレベーターに乗り込み、階数ボタンを操作するエリナの父親の指を、ぼんやりと見つめる。五階――エレベーターの中の壁に貼られた院内の案内板、その五階部分に記された「病棟」という文字が目に突き刺さる。

「ここに到着した時点で想像はついているかもしれないが、娘は今、ここにいる」

「……あの」

「君には知っていてほしい。この選択が、私や君にとって正しいことではなかったとしても」

なんと返せばいいのか分からない。言葉に詰まっているうちに、エレベーターは目的の階に到着してしまった。

エレベーターから降りてすぐ横に、ナースステーションがあった。

エリナの父親は看護師たちに小さく会釈《えしやく》をし、受付の記名簿にペンを走らせる。そしてまっすぐに廊下を進んでいく。

引きずられるように、僕も彼に続いた。鉛《なまり》でも詰められたかと思うほどに足が重く、勝手に息があがる。

やがて、ある病室の前で彼の足が止まった。病室の入り口に記載された氏名を無意識に確認した後、僕は露骨《ろこつ》にそこから視線を逸《そ》らした。

――嘘だ。

こんなの、なにかの間違いだ。

浅くなっていた呼吸がさらに乱れ、痛むほど激しく心臓が鼓動を刻み出す。

彼が引き戸に手をかけて、ああ、開いてしまうと思った。待ってくれと、心の中だけで悲鳴のような叫び声をあげて……だが現実に、声が喉《のど》を通り過ぎることはなかった。

「衣梨奈。来てくれたよ、井荻くんだ」

エリナの父親の声が妙に遠い。手にしていた鞄《かばん》が、音を立てて床に落ちた。

ベッドに横たわるその人物には、さまざまな管が繋《つな》がれており、口には酸素マスクが被さっている。

痩《や》せ細ったその女性が僕が知るエリナだと、すぐには理解できなかった。別人ではと思って、けれどやはり面影《おもかげ》はあって、場違いにも笑ってしまいそうになって……それなのに、声はちっとも出ない。

金色に近い茶髪頭だったはずのエリナの髪は、真っ黒だった。それから、化粧が施《ほどこ》されていないすっぴんの顔は、僕が知るエリナよりも遥《はる》かに野暮《やぼ》ったく見えた。

……おかしいだろ。なんで、あんたが、こんなことに。

足の力が抜けた。膝をしたたかに打ったが、なぜか痛みは走らない。頭を鈍器《どんき》で殴られたみたいな衝撃のほうが、膝の痛みなどよりもよほど強かったからかもしれない。

「去年の三月、急に倒れたんだ。病気も怪我《けが》もしていないのに」

「……あ……」

「具体的に言うと、三月二十五日だ。新幹線に乗って、娘は君に会いに行ったことがあったはずだ。その翌日のことだよ」

去年の、三月、二十五日。

頭の内側が割れるように痛み出す。鈍《にぶ》い痛みが全身の血管を伝って、頭のてっぺんから爪先まで、余すところなく僕の全身を覆《おお》い尽くしていく。

『私はもう井荻の傍《そば》からいなくなるけど』

まさか。

そんなことが起こり得るわけは……そんな、はずは。

「君をすぐにここに連れてきたのには、理由があるんだ」

ガンガンと痛む頭が、低めの声を拾う。そのときになって初めて僕は、自分の隣にエリナの父親が立っていることに気づいた。

「井荻文成くん。娘から、君宛ての手紙を預かっている。三月二十五日の朝……衣梨奈から託《たく》されたものだ」

エリナの父親は、スーツの内ポケットからおもむろに一通の封筒を取り出した。

薄いピンク色のシンプルな紙封筒を、僕は床に座り込んだまま、呆然と受け取る。エリナの父親は、ふ、と小さく息をついた。

「いつかこんな日が来るんじゃないかと思って……私もなかなか諦めが悪い人間でね、ずっと持ち歩いていたんだ。この一年半、ずっと」

声につられて顔を上げる。彼は僕の肩にぽんと手を置き、「このフロアの待合室で待ってるよ」と告げ、それきりなにも言わずに静かに退室していった。

座り込んだまま、手元の封筒に視線を落とす。

手紙には封がされていなかった。折り畳《たた》まれた便箋《びんせん》を震える手で開くと、そこには端正な文字がつらつらと並んでいた。

……エリナの字だ。覚えてる。見覚え、ちゃんとある。

数学のノートに刻まれていく鉛筆の芯の先が、まるで今目にしているかのように瞼《まぶた》の裏に蘇《よみがえ》る。外見のわりに随分《ずいぶん》綺麗な字を書くんだなと意外に思った当時の記憶までが、鮮明に脳裏《のうり》に舞い戻ってきた。

ぽとりと涙が零《こぼ》れる。

便箋《びんせん》が汚れないよう慌てて顔を拭《ぬぐ》い、僕は再び、手元に視線を落とした。


『井荻へ。

生きてる？

この手紙を読んでるってことは、ちゃんと死なないでくれたってことだよね。どうか読んでくれてますように。


私、井荻に言わなかったこと、ひとつだけあるの。

私ね、助けられるの。井荻みたいに、死ぬのが分かる人のこと、助けてあげられるの。

だけどそれをすると、私が危ないことになる。その人の代わりに死んじゃうんだと思う。

死ぬ日を知ってる人を自分で見つけることはできないし、なんでそんなことができるのかとか、どうやって助けるのかとか、訊《き》かれてもうまく答えられないんだけど、でもそういう感じって井荻もよく知ってるでしょ。それと一緒だよ。


最初は、私、ママのことを助けようとしたの。

ママは許してくれなかった。「娘の命を犠牲にしてまで生き残りたい親なんて、この世にいるもんか!」って、めちゃくちゃ怒られちゃった。

でも、私は助けたかった。ひとりだけ残されちゃいたくなかった。

残される人の気持ちって、ママとかアンタみたいな力がある人には、ちゃんとは分かんないんじゃないかなって思う。

ママが死ぬこと、黙って眺めてるしかできなかった。

井荻と知り合ってからは、井荻が死ぬときも、そうなんだろうなって思ってた。

井荻、死ぬこと、全然嫌がってなかったでしょ。

それ、ママよりタチ悪かった。

ママはそれなりに考えたり悩んだりしてた。最期《さいご》が近くなった頃にはあれもこれもって、いろいろ執着してた。私のことも、多分、パパのことも。

だけどアンタは違った。

なにも考えてなかった。それ、すっごくムカついたんだ。

だから、絶対消えないようなでっかい傷、つけてやろうと思った。大事なものを残して死ぬやるせなさみたいな気持ち、味わわせてやりたかった。

ママにできなかったから、八つ当たり。……って言ったら怒る？

でも怒ってる井荻とか、全然想像できないや。見てみたい気もするよ。』

便箋《びんせん》の真ん中辺りで、一旦文字が途切れた。

だがまだ続きがある。残りは二枚だ。

どちらも、水に濡れた紙が乾いたとき特有のしわが寄っている。書かれた文字も、一枚目のそれよりかなり乱雑だった。

走り書きみたいなそれを、僕は潤《うる》みきって狭くなった視界を無理やり広げながら拾う。

『本当はあのまま井荻の隣にいたかった。

帰ってなんて来たくなかった。

新幹線に乗るとき、足、震えて、バカみたい。ホテルに泊まってでも帰らなきゃ良かった。


井荻に会いたいよ。

ねえ、今度は私のところまで会いに来て。探して。見つけてよ。追っかけてきてよ。カッコいいとこ、たまにはちゃんと見せてよ。


あいたいの。しなないで。

ひとりぼっちはいやなの。おいてかないで。』


しわだらけの紙に、ぽとり、新しい涙の痕《あと》が滲《にじ》む。

そして、最後の一枚。


『ねぇ井荻、私のこと、ちゃんと追いかけてきてね。

それでこの手紙読んで、ひとりぼっちで泣き喚《わめ》きなよ。

私に会いに来たのにもう二度と会えないんだって、自分だけ取り残されちゃったんだって、心の底から思い知れ。


井荻、ちゃんとこれ、読んでくれてる？

今、井荻はどんな気持ち？

私がいなくなって、どんな気持ち？

寂しい？　悲しい？　思い知ってる？　泣いてくれてる？


それだったら、私は、嬉しい。』

――ざまあみろ、バカ井荻。


手紙はそこで終わっていた。

字が綺麗なのに、内容が支離滅裂《しりめつれつ》。特に最後……なんだその締め括《くく》り方はと思うと、あまりにもエリナらしすぎて笑ってしまいそうになる。

感情の塊《かたまり》のようなその文字を、指でそっと撫でる。

読み進めれば読み進めるほど文字は震え、乱雑になっていた。加えて、インクの滲《にじ》みも徐々にひどくなっている。泣きながら書いたのだろうと簡単に察せられた。

『私が助けてあげようかって言ったら、どうする？』

エリナの声を思い出す。

僕は二度、彼女にそれを言われた。

一度目も二度目も、冗談で言っていた言葉ではなかったのだ。本当に、エリナにはそれができるという意味だったのだと、ようやく思い知る。

誰にも説明できないし、したところで分かってはもらえない「能力」。

これは僕らにしか理解できない。だが、確かにエリナは僕を死なせないために、僕をこの世に縛りつけるためだけに、文字通り「身を挺《てい》した」。そういうことなのだと思う。

最後に会った日に、僕の胸元に触れたエリナの指を思い出す。

今思えばその所作は、あのときに初めてされたものだった。心臓に直接触れたがっているような、手のひらを僕の胸に添える仕種《しぐさ》――冷えきった指が触れた場所が、最後の瞬間にはほのかにあたたかく感じられた。

ああ、もしかしたらあれがそうだったのかもしれない。

きっとあのとき、エリナはすでに、僕を守るために動き始めていた。

……短絡的だと思う。でも、もうそれ以上は待てなかったのかなとも思う。エリナは短気だ。それに、元来自分の思い通りにならないことが大嫌いなタチなのだ。

帰りの新幹線に乗っている間、自宅に戻るまでの間、自宅に戻ってから眠りに就くまでの間、そして翌朝。エリナは一体、どんな気持ちで過ごしていたのだろう。どんな顔をして、これを書いていたのだろう。

どうやら、僕はなにも分かっていなかったみたいだ。

「……バカだろ……」

馬鹿だと思う。軽率で、馴《な》れ馴《な》れしくて、短気で、気が強いわりに弱くて……それなのに。それなのに、こんなにも愛おしい。

エリナが好きだ。大好きだ。胸を掻きむしりたくなるくらい好きで好きで、今にもおかしくなってしまいそうなんだ。

――それをあんたに伝えるには、どうすればいいだろう。

便箋《びんせん》を折り畳《たた》む。丁寧に折り畳《たた》みながら、思う。

エリナは、ひとつ勘違いをしている。

痩《や》せっぽちの身体に繋《つな》がった管の数々が見える。単調な機械音が聞こえる。

徐々にはっきりとそれらを捉《とら》え、僕はふっと頰《ほお》を緩ませた。

死んでない。いなくなってなんか、ない。

あんたは今、僕の目の前で、ちゃんと生きている。

第9章　三月二十五日、僕らの、最後の

ナースステーションの前を通過し、すれ違う看護師と会釈《えしゃく》を交わす。

この病院に通い始めて三ヶ月、院内の顔見知りも増えた。今では「お疲れ様です」とにこやかに声をかけてくれる看護師もいるくらいだ。

原因不明の昏睡状態に陥《おちい》ったきりのエリナのもとへ、再会の日以来ほぼ毎日、僕はこうして足を運んでいる。

引き戸を引いて足を踏み入れた先で、今日もエリナはベッドに横たわったままだ。管に繋《つな》がれ、人工的に呼吸を繰り返す細っこいエリナを、僕はただ眺めているしかできない。見舞いとも呼びがたいそんな行動を繰り返している。

すっぴんのエリナは、なかなかに野暮《やぼ》ったい顔をしている。

前にも同じことを思った。確か、あれはエリナの父親に連れられ、この病室に初めて足を踏み入れたときだ。

……化粧なんかしなくても、あんたは可愛いよ。

昔はそんなこと、恥ずかしくて口が裂けても言えそうになかった。でも今は直接伝えたいと思う。エリナ自身の耳で、きちんと聞いてほしいと、思う。

なぁ、早く目を覚ませよ。いつまで寝っ転がってるつもりなんだ。いい加減、意地を張るのはやめにしてくれ。

つい呟《つぶや》きかけて、でも僕はいつもそれを声には乗せられない。意気地《いくじ》なしの僕は、今も意気地《いくじ》なしのままで、エリナの傍《そば》で後悔を深めてばかりだ。

この病室で再会した後、僕は耳たぶにピアスホールをあけた。そこに、今日も普段通りピアスをつけている。

僕がピアスをあけていないこと、あける予定がないことも知っていて、エリナが冗談交じりに選んだあのクリスマスプレゼントだ。しまい込んであったそれを引っ張り出して、それ以降は毎日つけている。

地味な外見の僕がつけるには少々……いやかなりアンバランスなそれを、アンバランスだと分かっていながら、僕は今日も手に取った。

ピアスはこれしか持っていないし、今後他のものを手にする予定もない。結城先輩はことあるごとにあれこれと口を出してくるが、もしこれ以外のピアスを手に入れたとして、僕が耳につけることはないだろう。

ピンクのマニキュアが丁寧に塗られた、華奢《きゃしゃ》な小指を思い出す。

ピンクゴールド色をした安価なピンキーリングを、僕だって冗談半分で選んだ。ダイヤを模した安っぽい石がゴテゴテとついたそれを、エリナは左手の小指に嵌《は》めて嬉しそうにしていた。『千円以下に抑えろ』とかなんとか、僕のほうも空気の読めない言葉ばかり繰り返して、けれどエリナはあの日、ずっと楽しそうだった。寒がりの癖に、自宅前で僕の姿が見えなくなるまで手を振っていた姿も一緒に思い出し、胸がぎりぎりと痛み出す。

エリナのそういうところが、僕はあの頃からとっくに好きだったのだ。今なら素直にそう思える。

例の手紙の封筒には、あのときのリングも一緒に入っていた。

突き返された気がした。お前なんかもう知らないと言われている気分にも。けれど同時に、もしエリナの意識が戻ったら今度はもう少しきちんとしたものをあげたいとも思って、だから早く目を覚ましてほしいと、僕は今日も最後にはそればかりでいっぱいになる。

一ヶ月にも満たなかったエリナとエリナの父親の生活については、病室で何度か彼と顔を合わせる中でぽつぽつと聞いていた。

エリナの父親は寡黙《かもく》な人だから、交わした言葉自体は少ない。だが、おそらく彼は、いろいろなことを察しているのだと思う。

エリナの母親の死について。エリナが急に倒れた理由について。それから、僕とエリナの母親の「能力」について。今となってはエリナと僕しか分かり得ないそれを、きっと彼は――顔を合わせるうち、なんとなくそう思うようになった。

年頃の娘に配慮し、エリナの父親は彼女の身の回りの世話のために、女性のお手伝いさんを用意していたらしい。

うちの両親よりもひと回り世代が上と思われる、恰幅《かっぷく》のいいおばさんだ。遠藤《えんどう》さんというその女性は、エリナが倒れて以降もずっとエリナの世話に当たっているそうで、僕も病室内で何度か顔を合わせていた。

遠藤さんと話しているうちに、エリナが連れて行ったミケが、今は彼女の自宅で飼われていることを知った。

あの頃と同じように、あのふてぶてしい顔でガツガツと餌《えさ》を頬《ほお》張っているのかと思うと、噴《ふ》き出しそうになる。

ミケは僕のことを覚えているだろうか。それとも僕のことなんかさっぱり忘れて、今では遠藤さんちの猫として、悠々自適に暮らしてるのだろうか。そのほうがミケらしい気もする。少し寂しいけれど。

『エリナが目を覚ましたら、ミケに、一緒に会いに行ってもいいですか』

そう尋ねると、遠藤さんは快《こころよ》く頷《うなず》いてくれた。それももうだいぶ前の話になる。

一ヶ月、二ヶ月。月日は過ぎていく。

時間の経過は、決して僕らを待たない。いつかも同じことを思った。でも、かつて抱いていた心境と今の心境はまるで別物だ。

あの頃は、刻一刻と過ぎていく日々に諦めを覚えながらも、タイムリミットなど永遠に訪れなければいいいと思っていた。

だが今は、エリナが目覚める日をこんなにも焦《こ》がれながら待ち望んでいる。いつになるか分からない、それどころか訪れるかどうかも分からない、その日を。

すっかり真っ黒になった髪を、そっと撫でてみる。

エリナの髪にこんなふうに触れたことは、高校生の頃には一度もなかった。日の光を浴びると金色に輝いて見えたエリナの髪は、今では生まれたままの色に落ち着いている。

目が覚めて元気になったら、また明るい色に染めるのかもしれない。あの頃は派手だとしか思わなかったけれど、また見てみたい気もする。

なぁ、エリナはどうしたい？　あれだけ見られたくなさそうにしてたすっぴん顔、僕、バッチリ見ちゃってるぞ今。

いいのか？　ほら、早く起きろ。あの高い声でまた僕に喋《しゃべ》りかけてくれ、あんたの声が聞きたい。

「……エリナ」

この病室を訪れることが日課となって以来、僕は一日に一度だけエリナの名前を呼ぶことに決めていた。

まるで願掛けのようだと気づいたのはいつだったか。僕の声が聞こえたなら、驚いたエリナが目を覚ましてくれるのではないかと、つい夢を見てしまう。なにせ僕らが一緒に過ごしていた頃、僕は一度もエリナを名前で呼んだことがなかったのだから。

だが、エリナからの返事はなかった。僕はいつも苦笑いしては、言いようのない寂しさを抱えて病室を後にする。

どうやら、今日も、そうなるみたいだ。

酸素マスクの内側で強制的に呼吸を繰り返すエリナの口元を、ぼんやりと眺める。

眠り姫は王子様からのキスで目を覚ますはずで、けれど僕は王子様ではないし、そもそもマスクがあるから口づけることなど叶わない。

きっと、僕は酸素マスクのせいにしていたいのだと思う。

キスをして、それでも目を開かないエリナを見たくないから。現実を突きつけられてしまいたくないから。

おそるおそる眠る彼女の小指の先に触れて、そこに宿る体温に安堵して……そればかりだ。

このところは、夢見がちなことが頻繁に頭を巡る。これまで気づかなかっただけで、僕は案外ロマンチストなのかもしれない。エリナに聞かれたら大笑いされてしまいそうだが。

どれだけ時間が経っても、僕の思考は最後には必ずエリナに行き着く。それだけは変わらない。

傷だらけの身体を抱えながらも、僕は生きている。日々、自分の生きる道を探して、踏み締めて、歩を進めようとしている。

あんたのせいで。あんたの、おかげで。

……僕らしくないだろう?

無気力な僕ばかり見てきたエリナに、早く見てもらいたい。

今の僕を、見せたい。

*

あたたかな日差しが病室の窓から差し込み、光の筋を伸ばしている。

この街は、僕らが一緒に過ごした街と違って雪が少ない。高校生時代には、三月に入っても路《ろ》肩《かた》に雪が残る様子を眺めては辟易《へきえき》していたものだが、それがなければなかったで物足りない気もしてしまう。

春の訪れも早い。

地元では四月半ばを過ぎなければ咲く気配を見せない桜も、こちらでは三月の末である現在、すでに蕾《つぼみ》が色づいている。この病院までの道中に見かけた小さな公園の桜の木々も、すでに蕾《つぼみ》がほんのりと淡い紅色を覗《のぞ》かせていた。もう間もなく花開くのだろう。

僕がエリナの病室にストーカーよろしく入り浸り始め、半年が経過していた。

思えば、エリナが僕につきまとい始めてから引っ越すまでの期間も半年ほどだった。あれだけ根気強く僕を構い倒していたエリナと、まるで立場が逆転してしまったみたいだ。

眠ったきりのエリナは意識を取り戻すことなく、今年、十九歳になる。

待つだけの時間は重くて痛くて、今にも押し潰されそうだ。

不安で堪《たま》らない。もしかしたらエリナはずっとこのままなのかもしれない。少し油断するとすぐそんなことを思ってしまう。

いや、それならまだましだ。例えば、もしエリナの父親が、エリナの生命維持装置を外す決断をしてしまったら——そう思うだけで途端に身が竦《すく》み、うまく息ができなくなる。

僕はエリナの家族ではない。

その決断を止めることも、非難することも、僕にはできない。

「……エリナ」

花瓶に花を生けながら、ぽつりと呼ぶ。当然、今日も返事はない。

ピンク、赤、白。ガーベラ、だったか……鮮《あざ》やかな花びらの色がはっきりと目に映り込む。

病室の中では、音がほとんどしない。僕が零《こぼ》した声も、すぐさま沈黙に塗り潰されてしまった。

静寂の中を泳ぐのはまた、エリナの命を繋《つな》ぐために必要な医療機器が立てる、控えめな機械音だけになる。

エリナと一緒に過ごしていた頃、彼女の名前を呼んだことは一度もなかった。呼んだら冷やかされそうで、それが癪《しゃく》で、意地でも呼んでやるもんかなんてわけの分からない気持ちを持て余して……馬鹿みたいだ。

呼べば良かった。言えば良かったんだ。

残されるエリナができるだけ傷つかずに済むようになんて、おこがましいにもほどがある。傷つけたくないのなら、最初から拒絶すべきだった。それができずにエリナのぬくもりにずるずると縋《すが》ったのは、居心地の好《よ》さに甘え続けたのは、僕だ。

並んで歩いて、触れて、抱き締めて、唇を重ねて——その時点で、エリナが傷つかない未来など、絶対に訪れるわけがなかった。

これが罰なのだろうか。エリナが口にしていた「残される側の気持ち」という言葉が、僕が知るはずのなかったその感情が、今このときになって僕を苛《さいな》んでは抉《えぐ》る。

「エリナ」

一日、一度。

その願掛けを、僕は今日、初めて破った。

「エリナ」

涙が溢《あふ》れ、ぽたりと目尻から零《こぼ》れたそれがガーベラを掠《かす》める。

濡れた花びらが、重そうにふるりと揺れた。もう、堪《こら》えきれそうになかった。

ベッドを振り返る度胸もなく、僕はただ、何度も何度も震える声でエリナを呼んではひたすら泣き続ける。

思い知ってる。残された側の、気持ち。

だからもう許してほしい。目を開けて、ほしいんだ。

……多分、今日があれから二度目の三月二十五日だからだ。必要以上に感傷的になってしまった。

自嘲《じちょう》するように、僕はふっと息を漏らした。それがしんとした室内に薄く伸びて溶けて、そろそろ帰ろうかとベッドを振り返って……そして。

——僕はそのまま固まった。

「……あ……」

シーツの白、酸素マスクの薄緑、指先の肌色。肩下で整えられた髪の、黒。

立ち尽くす僕を、今までそこに見出したことがなかった色が捉《とら》えている。薄く開いた両目が、僕を、捉《とら》えている。

小さな唇が、酸素マスクの向こう側で動いた気がした。微《かす》かに震えて見えたが、声は聞こえなかった。なにか言ったのかもしれない、でも僕には分からない。

分からないまま、腕が勝手に、動いた。

痩《や》せた小指に、震える手で触れる。あれから何度も触れたそこが、どれだけ触れても一度も反応がなかったそれが、ほんのわずかに僕の指に絡められた瞬間、嗚咽《おえつ》が零《こぼ》れた。

くぐもったそれは、すぐさまみっともない泣き声に変わっていく。

声も堪《こら》えられずに啜《すす》り泣く僕をどことなく困惑した顔で見つめてくるエリナが、僕が知る誰よりも綺麗だと、そう思った。

「エリナ」

音になっていたかどうかさえ定かではなかったけれど、僕の声を確かに聞いたらしいエリナは、微《かす》かに頬《ほお》を緩めて笑った。

……見せたいものも伝えたいことも山積みだ。

さあ、なにから、話そうか。

エピローグ

世の中のあらゆることに興味がなさそうな無表情。
それが、君に対する第一印象だった。
踏み込んだら、掻き乱したら、そのいけすかない顔がどう変わるのか興味が湧《わ》いた。
少しずつ、少しずつ、私は君の内側に入り込んでいく。
そうすればするほど、少しずつ、少しずつ、君は私を掴《つか》んで放さなくなっていく。
ああ、これ以上近づいてはいけないと、確かにそう思っていたのに。

あの日、縋《すが》るように両手を添えた、君の胸元のあたたかさを思い出す。
君の涙を拭《ぬぐ》って、それから直接心臓に触れるようにして、私は君の鼓動を感じた。
君の涙は、私のそれよりあたたかかった。
私の涙を拭《ぬぐ》う君の指も、私のそれより、ずっとずっとあたたかかった。

失いたく、なかった。

これ以上はいけないとは、もう、思わなかった。

私は今も、君に、恋をしている。

また明日、君の隣にいたいと、心の底からそう思っている。

＊

『ママね、来年の三月三日に死ぬの。こんなこと言って、ごめんね』

そう告げられたのは、一年前の三月三日のことだった。

普段となんら変わりのない夕食の後、ママは普段となんら変わりのない口調で、『二十年くらい前に急に分かったことなの』と続けた。

声音とは裏腹に、表情は少し緊張気味だった。いや、思い詰めたような顔と表現したほうが、より正確かもしれない。

原因も、どこでそうなるかについても、ママは知らないと言った。だが、『避けられないと思う』とはっきり言いきった。

二十年前なんて、私が生まれるよりも前の話じゃないか。

そんなに前から知っていたなら、私なんか産まなければ良かっただろうに。ママはなにがしたくて私を産んだんだろう。

ちっとも理解できない。未成年の子供を残して死ぬという未来があらかじめ判明しているのなら、私だったら確実に子供は作らない。

ママは、残される私のことなんてどうでもいいのかな。私はママとずっと一緒にいたいのに、そんな娘の気持ちなんてお構いなしで、死ぬ運命を受け入れているだなんて。

――そんなこと、ずっと知らないままでいたかった。


それ以来、私はママのことが大嫌いになった。

保育園のお遊戯会の思い出も、クリスマスに一緒にケーキを食べた思い出も、月に一度の外食の思い出も、全部全部、汚れたゴミ箱の中にポイ捨てされた気分だった。

底の知れない閉塞感《へいそくかん》に、今にも押し潰されてしまいそう。私を置いていなくなるなんていう話を、私本人に打ち明けてしまうママが、大好きなのに、大嫌い。

ひとりの人間を相手に、「好き」と「嫌い」を同時に感じることがあるのだと、初めて知った。

ママと、どんどんうまく喋《しゃべ》れなくなっていく。

嫌い、好き、嫌い、好き……私がママに対して感じている矛盾まみれの感情は、ぐるぐると渦《うず》を巻いてはその規模を広げるばかりで、いつになっても答えは出ない。

普通が良かった。普通のママと、普通の私と、普通の暮らし。

憧れる。どんどん派手になっていく外見とは裏腹に、私は、夢見がちな子供のように「普通」というものに焦《こ》がれ続けている。

そもそも普通ってなんだろう、という根本的な疑問から目を背《そむ》け続けながら、今の自分を取り巻いている環境を心の中だけで嘆《なげ》いて……その繰り返しだ。

昔、ママが仕事で家にいないとき、パパがいてくれたら寂しくないのにと何度も思った。けれど、今はもう思わない。そんな高望みなんてしない。

パパなんて要らない。だからママ、死なないで。

私を置き去りにして、二度と会うことも叶わなくなる場所になんて、どうか行ってしまわないで。


——そして、三月二日。

人生最後の夜に、ママは私に微笑みかけながら、静かに口を開いた。

『パパが迎えに来てくれるよ、ちゃんと連絡してあるからね。だから大丈夫』

……ねぇママ、なにが「大丈夫」なの。どうして笑っていられるの。

最期《さいご》の日が近づくにつれて、ママがそれまでよりも私を気に懸けてくれるようになったことには、気づいていた。前よりたくさん話しかけてくるようになったし、ママがいなくなった後の私の生活について、一生懸命考えてくれていたことも知っている。それでも、ママが死ぬことに、納得なんてどうしたってできるわけがなかった。

やり場のない気持ちが、自然と私に握り拳《こぶし》を作らせる。ママはきっと、自分が死ぬことをすでに受け入れてしまっている。そのことを改めて思い知った。

寂しそうに笑うママからあからさまに目を逸《そ》らし、私は、逃げるようにして自分の部屋に戻った。

＊

三月三日、午後。

病院の霊安室はひんやりとしていて、薄暗かった。

震える指で、ママの顔にかかった白い布をめくる。眠っているだけに見えた。朝、学校に向かう前にわずかに覗《のぞ》き見た顔と同じ、ただ目を閉じているだけみたいな顔——でも、手に触れると冷たかった。人が宿しているはずの温度はもう、そこには通っていなかった。

ママは、本当に、死んでしまったのだ。

会社でやっている健康診断以外にも、さまざまな検診に行かせた。車の運転には気をつけろと、煙たがられるくらい口うるさく注意した。だが、そもそもそういう問題ではなかったらしい。

声も涙も出なかった。徐々に心が冷えていく感じだけがあった。

ママに初めて死ぬ日を打ち明けられた日――一年前の三月三日に覚えたものによく似た、冷たい地獄にゆっくりと沈められていく感覚が、麻痺《まひ》した身体の中を静かに掻き乱していく。

スーツ姿の男の人がパパだということには、すぐに勘づいた。でも、このときばかりは、正直パパのことなんてどうだって良かった。

ママが見せてくれた写真の面影《おもかげ》を宿しながらも、確実にそれより齢《とし》を重ねたパパを、私はじっと見つめる。

実感はなかった。でも、困惑もなかった。ママの死の際にこの人が私の前に現れることを、事前に知っていたから。

一方で、病院まで付き添ってくれた井荻は明らかに困惑していた。当然だ。

あの井荻がここまで露骨《ろこつ》に動揺する様子はそう簡単に見られるものではないからなんだか得した気分になって……そんな場違いなことでも考えていないと、今にも頭が破裂してしまいそうだった。

こんな状況なのに泣く気にすらなれないなんて、私はきっと、頭も身体も心もすでに壊れ始めているに違いない。

どうしたらいい。井荻も、死んでしまう。

私が泣こうが喚《わめ》こうが関係ない。あと一ヶ月もしないうち、この人も私の隣からいなくなる。冷たくなってしまうんだ。

耐えられない。井荻の傍《そば》で、井荻が死ぬ日を、その瞬間を迎えるなんて、私にはとても。

葬儀の準備を、ママはしっかり済ませていたらしかった。

家族だけでの最低限のものをと、そんなことまで事前にパパに伝えていたらしい。病室で井荻と別れて葬儀場の小さな一室に移った後、枕飾りのろうそくの灯火《ともしび》をぼんやりと眺めているとパパが遠慮がちに教えてくれた。

それから数日間、実感が湧《わ》かない日々をただ漫然《まんぜん》と過ごした。

窮屈《きゅうくつ》そうな棺《ひつぎ》に納められたママの顔を、火葬場から帰ってきてからはお骨が納まった白い箱を、ひたすらぼうっと見つめていた気がする。

それは、決してママの最期《さいご》の顔や姿を網膜《もうまく》に焼きつけるためではなかった。他になにをすればいいのか分からなかったから、それだけだ。

形ばかりの喪主を務めながらも、心はまったく動かない。現実についていけないまま、ママを送るための儀式のすべては忙《せわ》しなく終わってしまった。

パパに頼りきりになりながらも、葬儀場の小部屋や自宅を訪れるママの職場の人に挨拶《あいさつ》をし、去っていく姿をぼんやりと傍観《ぼうかん》する。その繰り返しだけで瞬《また》く間に一週間が過ぎた。

井荻はどうしているだろう、と思う。私を心配してくれているだろうか。

思わず苦笑が滲《にじ》みそうになって、けれど結局笑えなかった。

『君を引き取りたい』

葬儀の忙《せわ》しなさが落ち着いた頃、パパがそう切り出してきた。

ママが話していた「パパはどっかの会社の社長さん」という話は、どうやら本当だったらしい。

しかも、そこそこ名の知れた大きな会社だった。

新しく住むところは、都心の大きな街――ママの地元だと聞いていた街の名前だ。

パパとママはどうやって出会ったのか、どうして今まで離ればなれだったのか。急にそんなことが気になり始める。

この事態を前にして、そんなことを気に懸《か》けている自分が滑稽《こっけい》だった。

転校の手続きや新しい高校での面談。新しい住まいの片づけ、整理。

さまざまなことを、流れ作業のように進めていく。

その間も、私は三月三日に置き去りにされたまま。言われたことを漫然《まんぜん》とこなすだけのロボットにでもなってしまった気分だった。

荷物を運んだり処分したり、それだけで時間は過ぎていく。

パパは私のために、女性のお手伝いさんを雇《やと》ってくれていた。五十代に差しかかったくらいの、遠藤さんというおばさんだ。

見るからに人が好《よ》さそうな感じで、「猫ちゃんのお世話もお部屋の片づけも、なんでも手伝いますからね」と親しげに微笑まれた。なのに私は、すぐには彼女に心を開けそうになかった。別に彼女が悪いわけでもなんでもなく、単に私の気持ちが追いつかないという、理由はそれだけ。築五十年のオンボロ借家での生活は、いともあっけなく変わっていく――いや、塗り変えられていってしまう。

気を抜いた途端にママと過ごした記憶をどれもこれも全部あっさり忘れてしまいそうで、そんな自分が怖かった。

＊

そうこうしているうち、あっという間に三月二十三日になって、我に返る。

井荻のタイムリミットは、明後日に迫っていた。

新しい自室を飛び出し、私はパパがいるリビングへ足を運んだ。自室の荷ほどきを手伝ってくれていた遠藤さんがわずかに面食らった様子を見せていたけれど、そこにまではとても気を回せそうになかった。

『お願いパパ、聞いて。あの人もね、死ぬの。明後日』

嗚咽《おえつ》する私の話を聞いたパパは、目を瞠《みは》った。

その様子を目にして、多分この人は、ママの身に起こったこともある程度察しているのだろうと思った。だってそうでなければ、二十年近く離ればなれになっていたのに、急にママと連絡が取れるなんて——ママの頼みごとをすぐに了承するなんてあり得ない。

私は泣いた。叫ぶように泣き喚《わめ》いた。

追いかけてきてくれた遠藤さんがおろおろとうろたえる様子を目にしたパパは、彼女に席を外すようそっと声をかける。そして、リビングには私とパパのふたりだけが残った。

ママがいなくなる日について、一年も前から知っていたのは、私だけだ。

だから、私はママともっとちゃんと向かい合って話すべきだったのかもしれなくて、けれどもし私のほうから別れの言葉を告げてしまったら、ママの死は決まってしまうと思った。私は、私だけはそれを決定づけてしまいたくなくて、でもやっぱり話すべきだった。

ママと真正面から向き合う、最後のチャンスだったのに。それは私にしかできなかったことなのに。

——寂しそうに笑ったママのこと、そのまんま、死なせちゃった。

私が泣き続けている間、パパはずっと背中をさすってくれていた。

ママの「能力」なんて、誰も信じるわけがない。それはパパにだって当てはまるのに、そんなパパが私を迎えに来てくれただけでもほとんど奇跡なのに。

それなのに今にもパパを責めてしまいそうで、なんでママの傍《そば》にいてくれなかったんだと八つ当たりしてしまいそうで……そうしないためだけに私は声を張り上げ、声が嗄《か》れるほどに泣いた。

いよいよ泣き疲れてきた頃、パパは「明日、彼に会っておいで」と言ってくれた。自分からは連絡してこなかった癖に、井荻はすぐに通話に応じた。井荻はいつだって受け身すぎる。ズルいな、と思ってしまう。

新幹線を使って帰ってきた街――生まれ育った街は、曇《くも》って灰色に澱《よど》んで見えた。駅で待っていてくれた井荻に、私は「神社に行きたい」と伝えた。

ふたりきりになれる場所が良かった。賑《にぎ》やかな場所であればあるほど、外野が多ければ多いほど、私たちが一緒に過ごせる最後の時間が薄っぺらくなってしまう気がした。

久しぶりだね、と馬鹿みたいに笑いながら声をかける。それなのに、井荻はなかなか私の目を見ようとしなかった。

逆に好都合に思えた。いつもより念入りにメイクを施《ほどこ》しているとはいえ、前日激しく泣きじゃくった私の瞼《まぶた》はぼってりと腫《は》れている。じっくり見つめられでもすれば、それこそ簡単にバレてしまうだろうから。

神社までの道中、井荻は私の体調を気遣って声をかけてくれた。今になってこんなふうに優しくするなんて、本当に、井荻はズルいなと思う。

いっそ、井荻がもっと嫌な奴だったら良かったんだ。井荻にちょっかいを出せば出すほど、彼の内面を引き出そうとすればするほど、私は井荻の素顔にどんどん惹《ひ》きつけられて、身動きが取れなくなって……挙句《あげく》の果てに、このザマだ。目も当てられない。

死なないで。置いていかないで。

この人を引き止めるには、どうすれば……知ってる。

私が、身代わりになればいい。

そんなことを考えながら紡いだ言葉の大半は、明確には覚えていない。

『顔見るたびイライラしてしょうがなかった』

『残される側のこと、なにも分かってない。考えようともしてない』

『だから大っ嫌い』

……随分《ずいぶん》ひどいことを言ってしまった気もする。井荻が辛そうに顔を歪《ゆが》めたことと、それが私が投げつけた言葉のせいだということだけは、嫌になるくらいはっきりと記憶に焼きついていた。

私を残していなくなることに対して、すでに井荻は苦しんでいる。その時点で私の当初の目的は達成されていて、あとはざまあみろと溜飲《りゅういん》を下げればいいだけだ。

けれど、今の私にとって、そんなことは心底どうでもよかった。

これほど苦しそうな井荻を置き去りにして私が身代わりになることは、果たして本当に正しいことなのか。私だけが井荻を助けられるということに、酔っているだけではないのか。彼から逃げているのではないか。

パパのことも考えた。

私を送り出してくれた彼の顔がふっと脳裏《のうり》を過《よ》ぎる。ママを喪《うしな》った直後に娘の私まで、という事態にあの優しいパパを陥《おとしい》れてしまって、本当にいいのか。

ひとりで決めるのが怖い。

なにが正しいことなのか、分からない。

ただ、井荻が死ぬのは、どうしたって嫌だった。

『家から一歩も出ないで』

『家族でも親戚でも誰でもいい、ずっと誰かと一緒にいて』

『なにかあったらすぐ病院に運んでもらって』

思いつく限りの回避策を叩きつけた。

井荻は珍しく顔を歪《ゆが》めて泣いて、私の手を握った。私は震えるその手を頬《ほお》に寄せる。

井荻の手は、唇と同じであたたかかった。この手が冷たくなることを、受け入れたくなんてなかった。

心臓に直接触れるように胸に手のひらを置いて、ありったけの思いを込めた。

漫画とかドラマとかじゃないんだよ、と心の隅で自分のことを笑ってしまいそうになった。でも仕方がないじゃないか。これしか方法がないんだから。

背伸びをして唇を寄せると、井荻はキスを返してくれた。

これが最後になるだろう。私たち以外誰もいない神社でのキスは、泣けてくるくらい寂しいキスだった。

駅までの帰り道はぼうっとしてしまって、頭がうまく回らなかった。

井荻は何度か、私の体調を慮《おもんぱか》る言葉をかけてくれて、けれどそれにも曖昧《あいまい》な返事しかできなかった気がする。

血管が激しく収縮を繰り返しているみたいな鈍《にぶ》い頭痛のせいで、息があがる。「大丈夫」と答えるたび、本当は大丈夫なんかじゃないんだと井荻の腕に縋《すが》りついてしまいたくなる。その衝動を何度堪《こら》えたか分からない。

改札で井荻と別れ、新幹線に乗り込み、席を確認して座る。指定席が取れて良かったな、とぼんやり考えながら、私は自宅を出る前にあらかじめ用意していたペンと便箋《びんせん》をバッグから取り出した。

明日、本当なら井荻の身に危険が及ぶはずの時間に、井荻ではなく私がいなくなる。きっと、そうなる。

井荻を助けることに後悔なんてひとつも感じないけれど、大切な人を残していなくなるのは自分のほうになってしまったことに、罪悪感が芽生《めば》えてしまう。

だから、こうしようと——パパに、遠藤さんに、ミケに……井荻に、手紙を残そうと、今朝自宅を出る前に決めていた。

それが正しいことかどうかは分からないけれど、正しいことだけがすべてではないのだとも、確かに思うから。

井荻への一枚目の手紙は、新幹線の中で書いた。二枚目は、帰宅して自室にこもった後に。最後の一枚は、翌朝——ほとんどまともに頭が働かず、眩暈《めまい》しか感じなかった中で、なんとか筆を走らせた。

＊

三月二十五日、午前十時。

走らせていたペンを机に置き、私は震える息を零《こぼ》した。

呼吸が浅い気がする。私はこのまま死んでしまうのだろうと思う。死ぬ人の身代わりになるというのは、多分、そういうこと。

書き散らした手紙をぼうっと眺める。

一枚目よりも二枚目、二枚目よりも三枚目。徐々に乱れていく筆跡を眺めながら、それがそのまま自分の命の一部に見えてくる。

命のかけらを詰め込み、ちりばめた紙切れを、私は安っぽいピンクの封筒に入れた。ついでに、クリスマスの日にもらったピンキーリングもそこに入れてやった。

井荻の鼓動を思い出す。彼が生きている証《あかし》を。手のひらに直《じか》に伝わってくる、ぬくもりを。

井荻は、自分が死ぬことを、一度も私に謝らなかった。

ごめんね、と死の前日まで何度か繰り返していたママとは違った。井荻は、自分が死なない未来の可能性を少しずつ探り出したのではないかと、そう思った。

だって、井荻は諦めがいいほうだとは思わない。本人はまったくそんなふうに思っていなそうだけれど、私にはとてもそうは思えなかった。

私に固執《こしつ》する井荻は、私が知る他のどんな人よりも、生きるということに執着しているように見えた。井荻を助けた後、身代わりになった私さえも生きられる未来があるのではと思わせるほどに。

私だって、本当は君と一緒がいい。

君の隣を歩きたい。君の隣で、笑っていたいんだ。

昨日よりも、今日よりも、明日を見つめていたい。

その先にちゃんと君がいることを、私も君と一緒にあれることを、信じたい。

……信じて、いたい。

＊

夢を見た。

内容は、あまり覚えていない。脈絡のないいくつかの夢を続けて見た気もするし、全部が繋《つな》がり合ったひとつの夢だった気もする。

聞き覚えのある声が、何度も私を呼んでいた……と思う。それなのに、誰の姿も見えないし、誰の声なのかもうまく思い出せなかった。もどかしさが胸にずっと残ったままだ。

はっきりと覚えているのは、夢の合間に挟まる、ミケの間抜けな鳴き声だけだ。

最後に聞こえたそれには妙に哀愁《あいしゅう》が漂《ただよ》っていて、ミケには悪いけれど、あまりにもミケらしくなくてうっかり口元が緩んでしまった。

そのとき、今度ははっきりと誰かに呼ばれて、ついそちらを振り向いた。

瞬間、靄《もや》に包まれるように、周りの景色がぼわっとぼやけて――

馬鹿みたいに重い瞼《まぶた》を、無理やりこじ開ける。

そこは知らない場所だった。半分ほどまで下げられたブラインドの隙間から差し込む日差しが、とても眩《まぶ》しい。

……あれ、生きてる？　いや、もしかしたら死んだ後なのかもしれない。

そう思いつつも、白い壁や無機質な天井、それに規則正しいリズムで鼓膜《こまく》を叩く機械音などが徐々にはっきりとしてきて、ああ、ここは病院の中かなと認識が追いつく。

悲鳴のような声をあげて私を呼ぶパパの、真っ青な顔を思い出した。

そうか、私、あのまま倒れたんだっけ。……でも、死なかったんだ。パパが病院に連れてきてくれたのかな。

今日は何日だろう、あれからどのくらい過ぎた？　一日？　三日？

さまざまな考えが一気に頭を巡ったそのとき、えりな、と呼ぶ声が不意に聞こえた。

夢の続きでも見ているのかと思うくらいには、まだ私の頭は朦朧《もうろう》としていて、なんとか無理やり声のほうへ意識を向ける。

聞き覚えのある声だった。夢の中で何度も聞いた気がするし、それでなくても確かに知っているはずの声で……懸命に頭を働かせていると、背を向けていた声の主がゆっくりとこちらを振り返って、目が合った。

「……あ……」

掠《かす》れきった咳を零《こぼ》したその人は、なんのことはない、私がよく知る人物——井荻だった。

ただ、なにかがおかしいと思った。なにがおかしいのかと違和感の正体を追いかけて、一拍置いてから思い至る。

最後に見た井荻より、髪が少し長かったのだ。この短期間では伸びすぎに思えるくらいに。

見覚えのない黒のウィンドブレーカーを羽織《はお》った井荻は、すぐさま私の傍《そば》に飛んできて、指に触れてきた。焦ったような素振《そぶ》りとは裏腹に、まるで壊れ物にでも触れるみたいに、節の目立つ指が私の小指の先を優しく掠《かす》める。

違和感が増殖する。

記憶にある井荻より、明らかに大人っぽく、見える。

それに、井荻は私を名前で呼んだことなどこれまで一度もなかった。

わずかに小指を折り曲げ、井荻のそれに絡めた。

どう頑張っても、今の私にはそれしかできそうになかった。信じられないくらいに力が入らなかったからだ。

井荻が生きている。生き延びて、自分で息をして……ああ、井荻、助かったんだね。良かった。私、新幹線の中でも、帰ってからも、次の日の朝も、ずっと心配してたんだよ。すごく辛かったんだから。

声を出そうとしたが、出なかった。すぐにも伝えたい言葉のどれもが、頭を駆け巡るばかりで声にはならない。もどかしさに顔をしかめたつもりが、その感覚さえも妙にはっきりとしなかった。

思考を巡らせているうち、いつの間にか井荻は嗚咽《おえつ》混じりに泣いていた。

さっきの呼び声を思い出す。心許《こころもと》なさそうな、不安そうな井荻の声を。

あの井荻に名前で呼ばれるなんて、もしかしたら私のほうこそ相当心配をかけてしまったのかもしれない。

どうしてか、喋《しゃべ》るどころか息をするのも辛かった。よくよく意識を向けてみると、私の口元には酸素マスクが添えられている。

大袈裟《おおげさ》な気がした。井荻がしゃくりあげながら泣いているのも大袈裟《おおげさ》すぎる気がした。あまりにこの人らしくないのではと訝《いぶか》しく思って、そこで改めて思った。

今日って、何月何日、なんだろう。

もしかして、私が考えているよりずっと長く、時間が経ってしまっているんだろうか。

「……っ、えり、……えりな……っ」

泣きじゃくる井荻が私を呼ぶ。

その声に、思わず頬《ほお》が緩んだ。今度は、「緩んだ」という感覚がさっきよりもあった。

視線を動かすと、井荻の耳元に光るなにかを見つけた。

クリスマスのときに私がプレゼントしたおもちゃみたいなピアスだと気づいて、なんだかおかしくなってしまう。あの井荻がピアスをあけたというだけでも驚きだし、無駄にチャラチャラした安物ピアスは、真面目そうな井荻には壊滅的に似合っていない。

笑いたかったけれど声は出ず、代わりに掠《かす》れた息がひゅうと喉《のど》を通り抜ける。

……まただ。

もどかしさに眉をひそめていると、いつ呼んだのか、医師と看護師らしき人影が慌てた様子で病室に飛び込んでくる。

途端に、疲れに似た感覚が全身を包み込んだ。

視界の端に、井荻の指に触れる自分のそれが見えた。
あたたかい。井荻の体温は今日も高めで、安心する。
絡めた指に少しだけ力を込めて、私は再び、そっと瞼《まぶた》を閉じた。

きみと過ごした数ヶ月を、
ぼくは絶対に忘れない——

たった一人の写真部に所属する高校生・石見虹郎《いしみこうろう》——通称「石ころ」は、うまくクラスに馴染めず孤独な学校生活を送っていた。
そんなある日、ひょんなことから知り合ったのが、クラスメイトの最上律《もがみりつ》。教室ではあまり見かけないくせに、明るく前向きな彼女と接するうちに、灰色だった石ころの世界は鮮やかに彩られていく。しかし快活に振る舞う律には、誰にも言えない秘密があって……。

●定価：本体1200円＋税 ●ISBN978-4-434-24559-6 illustration：とろっち

もうすぐまた、
桜が咲くね——

Morizono Kotori
森園ことり

ぼくたちのための
bokutachi no tameno Recipe note.
レシピノート

第8回
アルファポリス
ドリーム小説大賞
“大賞”
受賞作!!

きっとぼくは、君の友達にふさわしくない。

それでもまた、
君に会いたい。

周囲の人間と上手く接することのできない大学生、今川《いまがわ》広夢《ひろむ》。彼はある時、バイト先の同僚・星野響《ほしのひびき》が、アパートの隣の部屋に住んでいることを知る。明るく無邪気な響、その恋人の新木《あらき》ゆりと三人で過ごすうち、広夢は彼らに惹かれていき、日常が鮮やかに色付いていく。しかしある日を境に、広夢は響とゆりになかなか会えなくなり……。

◉定価：本体1200円＋税　◉ISBN：978-4-434-24355-4　◉Illustration：ふすい

タイムスリップファンタジー

著者累計
60万部
突破!
川口雅幸の感動
からくり夢時計
DREAM ∞ CLOCKS
軽装版
からくり
夢時計
川口雅幸
冬の定番ロングセラー 待望の軽装版化!
感動の
タイムスリップファンタジー
「虹色ほたる」の川口雅幸が贈る、かけがえのない奇跡の物語
定価：本体1000円+税
文庫版
からくり夢時計
川口雅幸
感動のタイムスリップファンタジー
あたたかい家族、
あたたかい仲間、
かけがえのない奇跡の
あたたかい日本、
時間が今、刻まれる…
上下巻各定価：本体570円+税
ハードカバー
からくり
夢時計
川口雅幸
この鍵って一体……
それはね、言うなれば「時の鍵」だよ
「虹色ほたる」の川口雅幸 最新作!
タイムスリップ感動ファンタジー
14万部突破!
定価：本体1500円+税
幽霊屋敷のアイツ
A Girl lives in the Haunted House
ハードカバー
幽霊屋敷のアイツ
川口雅幸
立ち止まるもんか。
キミを元の世界に帰すまで。
大切なものを失った世界を
それでも一生懸命に
生きていく――
「虹色ほたる」の川口雅幸
デビュー10周年 最新作!
歩み続ける勇気を描いた夏の感動ファンタジー
定価：本体1600円+税
文庫版
幽霊屋敷のアイツ
川口雅幸
「虹色ほたる」の川口雅幸
本当の幸せを知
歩み続ける勇気を描いた感動ファンタジー
夏の冒険が始まる
待望の文庫化!
上下巻各定価：本体570円+税

◉定価：本体1200＋税

◉ISBN 978-4-434-23631-0

この作品に対する皆様のご意見・ご感想をお待ちしております。

おハガキ・お手紙は以下の宛先にお送りください。

【宛先】

〒150-6005 東京都渋谷区恵比寿4-20-3 恵比寿ガーデンプレイスタワー 5F
（株）アルファポリス　書籍感想係

メールフォームでのご意見・ご感想は右のＱＲコードから、
あるいは以下のワードで検索をかけてください。

アルファポリス　書籍の感想　検索

ご感想はこちらから

本書は、Webサイト「アルファポリス」（http://www.alphapolis.co.jp/）に掲載されていたものを、改題、改稿、加筆のうえ、書籍化したものです。

また明日《あした》、君《きみ》の隣《となり》にいたかった

鞠坂小鞠（まりさか こまり）

2019年　2月　28日初版発行

編集ー中山楓子・宮田可南子
編集長ー塙綾子
発行者ー梶本雄介
発行所ー株式会社アルファポリス
〒150-6005 東京都渋谷区恵比寿4-20-3 恵比寿ガーデンプレイスタワー5F
TEL 03-6277-1601（営業）　03-6277-1602（編集）
URL http://www.alphapolis.co.jp/
発売元ー株式会社星雲社
〒112-0005 東京都文京区水道1-3-30
TEL 03-3868-3275
装丁イラストーpen
装丁デザインーAFTERGLOW
印刷ー中央精版印刷株式会社

価格はカバーに表示されてあります。

落丁乱丁の場合はアルファポリスまでご連絡ください。

送料は小社負担でお取り替えします。


ISBN978-4-434-25730-8 C0093